感染領域

くろきすがや

宝島社
文庫

宝島社

感染領域

1

山際《やまぎわ》教授の研究室に行くと、昔の恋人がいた。

失意の私を見限り、後足で砂をかけるようにして去った女である。来客用のテーブルについて、分厚いファイルをめくっていた。

彼女が新たな災厄の種であることは直感できた。少なくとも幸福の女神でないことだけは確かだった。

「おっと、部屋を間違えた」

私は即座にきびすを返した。

「この部屋で、あってますよ」

振り返ると、大きな瞳がこちらを見上げていた。

茶色の短い髪、まっすぐな鼻筋、グロスが光る薄い唇。名前は里中《さとなか》しほり。聖観音《しようかんのん》を思わせる顔だちが、羅刹《らせつ》のような本性を隠している。

「先生がいないようだから、出直すよ」

私は一刻も早くその場を立ち去りたくて、ぞんざいに手を振って部屋から出て行きかけた。

「待ってください」里中が腰を浮かした。

「私がお願いして、安藤《あんどう》先生をお呼びしていただいたんです。どうぞ、こちらへ」

里中が立ち上がって両手で、向かいの椅子に座るよう私をうながした。

私はいつでも出て行けるよう浅めに腰をかけ、よく知った研究室のなかを見回した。

「山際先生は、学長からの急な呼び出しがあって、席をはずされています」

それから「お久しぶりです」と言いながら、名刺を差し出した。

『農林水産省消費・安全局　植物防疫課課長』とあった。また肩書が改まっていた。

彼女は私よりも三級ほど年次が下で、しかも官庁では冷遇されがちな、技官だ。異例のスピード出世と言えるのではないか。

「こっちは相変わらずだ」

自分の名刺は出さなかった。

里中も、半永久的に「特認助教」と固定されている私の役職には、興味がないだろう。世間では一般に、任期付の教員を「特任」と呼ぶが、私の肩書きは「特認」である。特殊な状況で職を認められたからだ。

しばらくすると、里中は黒い牛革のバッグからタブレットを出し、パスワードを入れて画面を光らせた。

牛革用の牛などいない。だから牛肉を食べる以上は、副産物として作られる牛革も大切に使うべきだ。院生時代の里中を、そう諭したのを思い出した。

「本来なら山際先生をお待ちすべきところですが」里中の指が、せわしくタブレットの表面を動いている。「お忙しい安藤先生のお時間を無駄にするわけにもいかないので、さっそく本題に入らせていただきます」

里中は、植物の写真が映し出されたタブレットをこちらに示した。

「画像を何枚か、ご覧いただきたいんですけど」

彼女が手を動かすたびに、画面上の写真が切り替わった。

右手の中指に、わずかにペンだこの名残りがあり、真面目な受験生時代を彷彿《ほうふつ》とさせる。三歳からピアノを習っており、ショパンの「英雄ポロネーズ」を軽やかに引きこなす指でもあった。

その指先には理知と情熱がともに宿っているが、とりわけ夜には情熱がまさることを、私は知っていた。

「どう思われます？」

里中の声が、私を官能の記憶から引き戻した。

写真は、トマトの栽培種を写したものだった。ただし、本来は緑色であるべき葉や茎が、まるでポインセチアのように真っ赤だった。

「あまり見たことのない色だな」

「九州地区で発生している原因不明のトマトの病変です。成長が著しく阻害されています」

「矮化障害《わいか》か」

そう言いながら彼女からタブレットを受けとろうとしたとき、互いの指先が一瞬だけ触れ、びりりと電撃が走った。

「トマトの葉や茎の赤変なんて症状、聞いたことがないな」

「でしょう？」

里中は不意になれなれしい口調になったが、すぐにはっとしたように姿勢を正すと、もとどおりの杓子《しゃくし》定規な口調に戻って続けた。

「現在までに、宮崎《みやざき》県宮崎市、大分《おおいた》県竹田《たけた》市、熊本《くまもと》県八代《やつしろ》市、熊本県阿蘇《あそ》市、熊本県山都《やまと》町の五か所から被害報告が届いています。

ご存じのとおり、農水省は設立以来の伝統で、良くも悪くも知見がコメに集中しています。こうした被害を分析できるスタッフが、省内にはほとんどおりません」

私は里中にタブレットを返した。「野菜農家に冷たくしてきた報いだな」

「助けてほしいんです」里中は、いきなり私の左手首を握りしめた。「頼める人が、安藤先生しかいません」

私は、里中の右手をそっと引きはなした。

「トマトなら、農科大学に何人か専門家がいたはずだ」

「いらっしゃるんですけど、みなさんご自分のご研究に忙しいらしくて……」

「断られたか」私は苦笑しながら言った。

「山際先生にご相談申し上げたところ、先輩をご紹介いただいたというわけです」

呼び方が「先生」から「先輩」へと微妙に変わったが、それには気づかなかったふりをした。

そろそろ潮時だった。私は断る理由を探した。

「ここまでだ。これ以上話を聞くわけには……」

里中が、不意にぺろりと舌を出した。

顔の表面に貼り付いていた「公」の仮面をとりさり、「私人」に戻る。ありていに言えば、〝昔の女〟の顔になった。

「ですよねえ。そう言われても、困りますよね、セ・ン・パ・イ」

私は虚《きよ》をつかれて、たじろいだ。

「あたしも、安藤って名前を聞いて、ヤッバいなー、って思ったんですよ」里中は頭を抱える仕草をした。「でも、山際先生は、あたしたちが付き合ってたことなんか、知らないし……」

知らないはずがなかった。

山際教授からは、里中にまとわりつくな、と警告されたことが何度もある。私のような男がそばにいると、里中の出世に響くそうだ。

「だから仕方ないかな、とか思って」里中の話は続いた。「今でこそＬの字がついてますけど、かつて先輩が『天才・安藤』、と呼ばれていた時代を存じあげておりますし」

里中は、「かつて」と「時代」を強調した。

だが「Ｌの字」の意味が、わからなかった。

「Ｌの字ってのは、いったい何だ？」

「え、私、そんなこと言いましたっけ？」

「今確かにそう言っただろ？」

里中はささやくような声で「ルーザー」と言った。

「……それがおまえの、おれに対する評価か」

「私じゃないです」里中は顔の前で大きく手を振った。「大学の同窓生に会うと、ときどきそういう声が耳に入ってくるだけです」

さりとて、そのことを強く否定していないのは明らかだった。

「ですから、今こそ見返してやりましょうよ、安藤先生」里中は身を乗り出した。「現地調査を手配してあります。被害届が出ている五か所のうち、八代市と山都町はいずれも熊本市近郊。二日で農家を二軒回って帰ってこられます。

春休み中で講義はない、とうかがってます。時期的に、もう採点官のお仕事も終わってるでしょうし……」

私は黙っていた。

実際には、平山《ひらやま》事件以来、私に入試の採点官の割り当てはなかった。この時期に大学の事務から解放されていることに、いつの間にか慣れ切っていた。

「こっちにも都合ってもんがあるんだ」

そう言って立ち上がろうとしたとき、背後でドアが乱暴に開けられる音がした。そして聞き覚えのある力強い足音。

山際教授が研究室に入ってきた。

里中と私が立って挨拶しようとすると、「そのまま、そのまま」と手で制した。山際教授は、植物病理学の大家であり、私と里中の恩師だった。

「だいたいのところは、もう話したのかな？」

教授が里中の隣に座った。ソファのスプリングの動きとともに、里中の体が上下に揺れた。

「今、説明を終えたところです」里中が甘えたような声を出した。「でも、安藤先生もお忙しいらしくて……」

「安藤が？　こいつが忙しいはずなど、あるものか」

山際教授が吐き捨てるように言った。

教授から虫けらのような扱いを受けることには、ずいぶん前から耐性ができていた。

「安藤は、私の頼みは断らんよ、絶対」

たしかに私には、山際教授に大きな借りがあった。

こうして今も大学にとどまっていられるのは、山際教授の尽力によって、トラブルから救い出されたからだ。教授の頼みを断ることなど、私には到底できない。

「そのとおりです」

私はどちらかというと、山際教授に向かって返事をした。里中の口が、声を出さずに「ルーザー」、と動いたように見えた。

「で、おれはいつから現地に行けばいいんだ?」

教授経由という搦《から》め手から攻められ、逃げ場を失った私は苦い気分で言った。「そう悠長に構えてられる状況じゃないんだろ?」

「月曜からの二日間です」

私は一瞬絶句し、それから言葉を吐き出した。

「金曜の月曜では、さすがに無理だ。月曜日は、クワバとの重要なミーティングが入っている」

作り話ではなく、多額の研究寄付金をもらっているクワバとの定例ミーティングが、本当にセットされていたのだ。

「そこをなんとか」里中が、私を拝むような手つきをした。「もう、先方の予定を押さえちゃってるんです」

「クワバとのミーティングのリスケぐらい」山際教授が、イライラしているような口調で言った。「おまえならどうとでもできるだろう?」

「しかし……」

「しかし、という言葉はいらない」教授は強引に続けた。「里中君、大丈夫だ。そっちはどうとでもなるから」

「ありがとうございます」

里中はそれを聞くと、満面の笑みを浮かべた。

「それにしても、安藤なんかで本当にいいのかね。三月だからあれだが、四月になればもっと優秀な若手を駆りだせるぞ」

「すぐに対処しなければならない事案ですから」里中はそこで一拍置いて、こう付け加えた。「それに今は、猫の手も借りたいぐらい忙しいんです」

私は、猫の手か。

「この男の手より、猫の手のほうがよほどましかもしれんぞ」

教授がにこりともせずに私を指差した。

私には苦笑するほかなかった。

「飛行機はすでに予約してあります。便名と簡単な日程表をお送りしますので、先輩のアドレスを教えてください」

里中はそう言うと、自分のスマートフォンを私に向かって差し出した。私たちは、メールのアドレスを交換した。その光景を、山際教授が苦い顔をして見つめている。

「それじゃ、羽田《はねだ》で落ち合いましょう」

里中はそう言い残すと、仕事が残っているから、と足早に役所へ戻って行った。

「というわけで、頼んだぞ、安藤」

山際教授は念を押した。

里中は、教授にとって唯一の女性の教え子だった。だから教授は里中に大甘に甘い。まるで愛娘《まなむすめ》のように大切に扱っている。

その愛娘に手を出した私が、教授からどのような扱いを受けるかは、説明するまでもないだろう。

「念のために言っておくが……」教授が喉から絞り出すような声で言った。「焼けぼっくいになんとかなんて期待、絶対持つなよ」

「ご心配には及びません、いくら私だって、そこまで愚かではありませんよ」

「なんだ、自覚がないのか?」教授はさらりと言った。「自分が過去にしでかしたことを思い出してみろ。おまえはどこに出しても恥ずかしくない、筋金入りの愚か者だ」

改めて教授からそう言われると、返す言葉が見つからなかった。

「……せめて熊本にいる二日間は賢明にすごします。それに彼女は、もっと賢明ですし」

「それはそうだ」教授は満足そうにうなずく。「おまえも、愚かなことは十分にしつくしただろうから、これからは自重することだ」

教授が生きている限り、私はこのイヤミに耐え続けなければならないようだ。


八階の教授室を後にして自分の研究室に戻ると、月曜に会うはずだったクワバの倉《くら》内《うち》に電話をした。

倉内が勤務しているクワバ総合研究所は、茨城《いばらき》県のつくば市にある。クワバは日本最大の種苗メーカーだが、伝統的な自然交配を固持し、遺伝子組み換え作物を根底から否定している。

私が所属する山際研究室とクワバ総研とは、研究成果を共有しあうパートナーシップを結び、その見返りとして、山際研はクワバから毎年多額の研究資金の提供を受けていた。

倉内と私は大学時代、ともに山際研に所属した、いわゆる同じ釜の飯を食った仲だった。三か月に一度の定例ミーティングで倉内に会えるのを、私は楽しみにしていた。

「なんだ、月曜は来られなくなったのか？」

ミーティングの延期を願うと、倉内はひどく残念がった。「どうしても聞いてもらいたい話があったんだけどな」

「すまん、倉内。山際教授の特命を受けたんだ。次のミーティングの日には夜中までじっくり話を聞くよ」

「どうしても無理なのか？」

普段淡泊な倉内には珍しく、この日は私にしつこく食い下がった。

「どうしても無理なんだ」

「わかった……」

電話の向こうで肩を落としている倉内の姿が、目に浮かんだ。

「それならいつもみたいに、夜はうちで飯を食って、泊まっていけ」

「言われなくても、そうするつもりだった」

倉内と笑いあってから、私は電話を切った。

2

コットンのセーターにジーンズというラフな服装で、里中は羽田空港に現れた。出張の荷物はすべて、背中のデイパックにまとめているらしい。

色が浅黒く、紙のように薄い体つきの里中は、見ようによってはアフリカ系のモデルのようだ。

私は、つい今しがたまで里中の写真を見ていた。たまたま購入した週刊誌のグラビアに、スーツ姿で颯爽《さっそう》と霞ヶ関《かすみがせき》を歩く姿が掲載されていたのだ。

タイトルは、「美しすぎるキャリア官僚たち」。中央省庁に勤める美女を紹介する企画で、そのトップを飾るのが里中だった。

写真の説明文には、こうある。

「国家公務員Ⅰ種試験合格。農林水産省消費・安全局植物防疫課勤務のキャリア官僚。日本の農業のセキュリティを守る、才色兼備のクールビューティー」

「省益のためだと、上司から泣きつかれたんです」

いつの間にか後ろに立っていた里中が、私が手にしていた雑誌に気づいて勝手に弁明を始めた。

里中が雑誌で取り上げられたのは、私の知るかぎり三度目だった。

あとの二回は、高校時代に原宿をほっつき歩いていてファッション誌のカメラマンに声をかけられたときと、準ミス帝都大に選ばれたときだ。

「雑誌に載るのは、これで三度目だな？」

「七度目です」

里中は即答すると時計に目をやり、「乗り遅れます。急ぎましょう」と、チェックインカウンターに向かって歩き始めた。

朝の便に乗ったので、午前十時過ぎに熊本空港に到着した。

この地の春らしく、大陸からの黄砂で空がやや霞《かす》んでいる。市内までシャトルバスで移動し、里中が予約していたホテルにアーリーチェックインした。

必要な道具類は、あらかじめ研究室からホテルへ送ってあった。

部屋で、ノートＰＣ、記録用のデジタルカメラ、小型だが高性能の光学顕微鏡を取り出し、フィールドワーク用のデイパックに詰める。デイパックには、防疫のためビニールのカバーをかけた。

Ｔシャツと短パンという軽装に着替えると、これもあらかじめ送っておいたダンボール箱を二つ抱えて、ホテルの部屋を出た。

ロビーでは里中が手ぶらで待っていた。黄色いＴシャツに薄手のジャケット、白い短パン、スニーカーと、出発時よりもさらにラフな服装に変わっている。

「里中さんですか」

背後から誰かの声が聞こえた。振り向くとベージュの作業着を着た、見るからに実直そうな青年が立っていた。

「いつもお電話で失礼しております、県庁農林水産部の松本《まつもと》です」

青年は訛《なま》りのない、きれいな標準語で、里中に挨拶をした。

私が合流すると、里中が事務的な口調で「調査を依頼している帝都の先生です」と紹介した。

「写真どおりの美人なんで、すぐにわかりました」

松本はうれしげに言った。

「写真どおり？」私は松本に聞き返した。

「この雑誌です」松本は自分のバッグから週刊誌を取り出して、屈託なく答えた。「里中さんに教えていただきました。今週発売の雑誌に写真が載るからと」

このあと彼女が冷酷な処刑人になるかもしれないことを知らずに、松本は里中に笑いかけた。

「なるほどね」私は里中の横顔を見た。

「私を探す手間が省けると思っただけです」

里中は悪びれた様子もなく、そう言い放った。

熊本空港を出ると、松本が運転する県庁の軽自動車で目的地に向かった。里中は私に後部座席を譲り、自分は助手席に座った。

「二人とも、すいぶんと薄着ですね」

走り始めると、松本が不思議そうに言った。三月半ばの熊本は、東京よりは気温が高いとはいえ、まだ半袖では肌寒かった。里中は、時おり両腕を体に巻きつけるように擦《さす》っている。

「理由はあとでわかりますので」と彼女の答えはそっけない。「とりあえずエアコンは暖かめでお願いします」

「了解しました」

松本は慌てた様子で、コンソールのツマミを動かした。

向かう先は、熊本市のほぼ真南にある八代市だ。冬春トマトの日本最大の産地であり、夏秋トマトの生産量でも全国の市町村で第三位に入る。空港から車で小一時間の距離だった。松本の軽は、県道、国道から九州自動車道に入って南へ下った。道はずっと空いており、快適なドライブだった。

「九州自動車道は、二、三年前に全面復旧したばかりです」

松本が説明した。九州自動車道は、地震からの復旧に時間がかかったと聞いている。

「まだ簡易住宅住まいの人がかなりいまして」松本は続けた。「明日伺う林田《はやしだ》さんも、気の毒に、地震で奥さんを亡くしています」

「それはお気の毒です」

里中の言葉にはまったく感情がこもっていなかった。里中のこういうところは、時として私を非常に不安にさせる。だが気にしないふりをして、これから視察する農家のプロフィールに私は改めて目を通した。

最初に訪問する緒方辰夫《おがたたつお》は、夫婦で食用トマトとしては最もポピュラーな、「銀之助《ぎんのすけ》」という品種を栽培していた。緒方夫婦はともに四十代で、生産物はJA熊本を経由して本州の生鮮スーパーに出荷している。夏秋トマトが終わったら冬春トマトを育て始める。つまり一年中トマトで生計をたてている農家だった。

松本は九州自動車道を八代ICで降り、トマト農家の集中する農業地区へとハンドルを切った。

「駐車場のあるコンビニがあったら寄ってください」里中が松本に要求した。すぐにコンビニが見えてきて、松本は駐車場に車を乗り入れた。

私は車を降りて、大きく背伸びをした。天気はよいが、空気は冷涼。あたりには広々とした緑が広がっていた。

私は松本に荷室のドアを開けてもらった。そして積み込んだダンボール箱から、二人分の防疫服を取り出した。上下繋《つな》ぎで頭まで覆うつくりの服で、無菌状態を保つために完全気密になっている。冬ならいいが、春から秋にかけては着るだけで熱暑地獄を体験できる。

私から防疫服を受け取った里中は、諦めたように溜め息をついてから、それを身につけ始めた。スーツ、マスク、ラテックス製の手袋に身を固めると、調査直前に装備する予定のゴーグルとビニール製のシューズカバーを手に持った。

「今日は、ゴーグルは要らないんじゃないかな」私が提案した。「曇ってものがよく見えなくなるし、顕微鏡を使うのにもかなり不便だ」

「私は指導する立場ですから」里中が反対した。「以前、関西で鳥インフルエンザの被害が拡大したとき、ゴーグルとマスクを外した調査員が感染したことがあります」

「植物ウイルスなら、どう考えても人間への健康被害はないだろ」

結局、二人分のゴーグルは元のダンボール箱に戻した。

「どこかで見たSF映画みたいな恰好《かっこう》ですね」

松本が無邪気な感想をもらした。その言葉の直後、コンビニから出て来たカップルが、里中と私の姿を見てぎょっとしたように立ちすくんだ。

「これを着ないと、我々自身が感染源になってしまうんです」私はカップルを横目で追いながら、松本に説明した。「松本さんの分は用意していないので、申し訳ないですが、向こうに着いたら、調査が終わるまで車の中で待っていてください」

「どうぞ私のことなどお気になさらずに、納得のいくまで調査なさってください」

松本は防疫服を着ずにすんで、明らかにほっとした様子だった。

目的地に到着するまでの十分ほどの間、今度はエアコンの冷房が最強に設定された。

緒方辰夫の家は、白壁に瓦葺《かわらぶ》きの重厚な二階建てだった。

松本は車を駐《と》めると、先に家の主に小走りで挨拶に向かった。緒方家の前には、清らかな農業用水が流れている。夫婦と顔見知りの松本が玄関前で挨拶を交わしているのが見えた。白い大型犬が、うれしそうに夫婦の足元で跳ねまわっている。

松本が手を挙げて、こちらに合図を送ってきたので、防疫服の里中と私も敷地内に入り、夫婦に挨拶した。

「大袈裟《おおげさ》な恰好でうかがって、申し訳ありません。こういうときの決まりでして」

里中が、すずやかな顔で詫《わ》びると、夫婦の怯《おび》えた表情もやわらいだ。我々の姿に恐れをなしたのか、白い大型犬は玄関の中に引っ込んだ。

母屋の裏側に、緒方家の農場が広がっていた。整然と並んだビニールハウスが、陽光を浴びて輝いていた。

母屋と農場の間を防疫境界線として、我々はシューズカバーを装着した。

この境界線は便宜的なものだ。被害がなんらかの病原体によるものなのか、別の事情によるのか、実態がまだ把握できていなかったからだ。

夫婦の先導で、農場内を見て回った。

まず農具や農薬などが置かれているストックヤードに入った。夫婦が日頃使っている農具が、几帳面に整理整頓されていた。そのほかに八代産トマトの販促用ゆるキャラや、くまモンが描かれた段ボールがきれいに積まれていた。

里中が夫婦の許可を取り、なかの様子を持参したムービーカメラで収めた。

次に見せてもらった育種場も、やはり隅々まで手入れが行き届いていた。

トマトはイネ同様、育種場で種から苗まで育ててから畑に植え替える。この植え替えのことを「定植《ていしょく》」という。イネでいえば、田植えに当たるものだ。

この時期の夏秋トマトは、播種《はしゅ》したばかりで、まだ定植前である。トマトを苗床から畑に移植するのは概《おおむ》ね五月ごろで、定植後にはまもなく開花し、果実の収穫は七月から十一月あたりまで続く。

育種にはビールケース大の黒い育種箱が使われていた。縦八列×横十六行のマトリックス状に、小さな四角いマスが切られており、一般にはセルトレーと呼ばれている。

緒方家の育種場では、白いビニールを敷いた土の床の上に、二列にわたって、十五台ずつの育種箱が並んでいた。

小さなマスの一つひとつに、十センチほどの苗が育っている。ただ、そのほとんど、およそ七割方が醜く赤変していた。

「種まきをしたのはいつですか」

私は緒方辰夫に尋ねた。

「三月の上旬ばい」

ＪＡ熊本の野球帽を被った辰夫は、熊本訛りでぶっきらぼうに答えた。

その様子も里中は撮影している。

「もう少し正確にわかりませんか」

「三月三日から、何日かかけてやりました」妻の和代《かずよ》が、不安げな表情で夫の代わりに答えた。「三日は息子の誕生日で、毎年その日から種まきを始めます」

播種してからおよそ二週間ほど経《た》っていた。まもなく播種用のセルトレーから、少し大きめのポットに移す時期だ。

「苗を一つ引き抜いてもらえませんか」

私が頼むと、緒方辰夫は、手近な育種箱から苗を一本引き抜いた。

葉や茎の緑が退色して、すっかり赤くなっている。

「被害が出始めた時期を覚えていますか」

私は辰夫を見上げた。

「一週間ほど前からばい」

辰夫はそう答えると、腰からぶら下げたタオルで手についた土を拭った。

つまり播種から一週間ほどで症状が出たことになる。

緒方夫婦と一緒にハウス全体を歩きながら、里中はさらに被害の様子を撮影した。

除草剤や化学肥料の入った大きなビニール袋、トマト種子の紙袋などが、育種場の一角にきれいに積まれていた。緒方夫婦は、私が世話になっているクワバ製のトマト種子を使っていた。

　里中は袋の一つひとつを取り出しては、製品名がよくわかるように注意してムービーに収めた。里中の額に玉のような汗が浮かんでいる。私は、防疫服のポケットから自分用のフェイスタオルを取り出して彼女に渡した。

「今年は、例年と違うことを何かしませんでしたか？」

　里中が、カメラのファインダを覗《のぞ》いたまま聞いた。

　辰夫には思い当たる節がないようだった。

「例えば、よその農家から農具を借りたとか、いつもと違う土を使ったとか」

　里中が辰夫の理解を助けるように言葉を補足した。夫婦二人でしばらく話し合っていたが、やがて和代が言った。

「いつもと変わったことは、何もなか思うんです。今までと同じ時期に、同じ土に同じ種をまきました」

　どこか自信のなさそうな口ぶりだった。

「肥料や防虫剤、除草剤は、いつもと同じものですか」

「うちは全部農協から勧められたものを使っていますから……。あ、でも」和代は何かを思い出したらしい。「おとうさん、あれなんやったかな、農協から今年勧められた、新しい農薬」

私は里中と顔を見合わせた。

「ちょっとその農薬を、見せてもらえませんか」

私が依頼すると、辰夫がストックヤードの方にいったん戻り、防虫剤の袋を持ってきた。

「こればい。コナジラミだけやなく、ほかの虫にもかなう、あばか薬いわれたったい」

「あばか？」里中が聞き返した。

「新しい、いう意味です。農協から、いろんな害虫に効く、新しい薬だと言われたんです」

和代が教えてくれた。

防虫剤は、ピノート社の「モルタレン」という製品だった。

「ピノート製か……」

私はパッケージをにらみつけた。

ピノートとは、強力な農薬と遺伝子組み換え作物をセットにして販売する、悪名高きバイオケミカル企業だ。日本の農薬市場でのシェアも高い。

「何か気になることでもあるんですか？」里中が言った。

「いや……」私は首を振った。

次に光学顕微鏡を使った簡単な組織検査をした。

私はデイパックの中からポータブルの光学顕微鏡を取り出した。防疫服を着てはいたが、できるだけハウスの土が付着しないよう、すべての作業を立ったままで行なった。

「おれがマイクロスコープを準備している間に、スライドガラスにトマトの病葉を乗せて、カバーガラスで挟んでくれ。カバーガラスは薄いから、割れないように気をつけて」

つい院生に指導するような口調で、里中に言った。

「お忘れのようですが、わたしも山際研の出身です」

機嫌をややそこねたのが、マスク越しでもわかった。

私は、里中が作ったプレパラートを顕微鏡のレンズ下に固定した。続いて左手で顕微鏡を持ち、右手でピントを合わせる。

スコープを覗くと、トマトの葉が退緑赤変している様子が、いよいよ明白になった。赤変部分と葉緑体が生きている部分とがモザイク状に入り混じり、ジグソーパズルのように見える。

退緑したのは、葉緑体が失われたからだ。しかし赤変の理由は、光学顕微鏡ではわからなかった。

「ちょっと覗いてみろ」

接眼レンズをアルコール綿球で拭いて、顕微鏡を里中に手渡した。

「葉肉退緑。赤変透過箇所あり……ですね」

里中はレンズに目を当てたまま、検視官のような口調で言った。

「次は茎を見てみよう」

私はデイパックから実験用のメスを取り出した。真っ赤になっているトマトの茎を切開して、組織の一部を薄く切り出してプレパラートにした。先ほどと同様、まず自分で覗いてから、里中に顕微鏡を渡した。

「症状は葉と同様ですね」

私は緒方夫婦にも「ご覧になりますか」と、聞いてみたが、辰夫は首を強く横に振り、和代も夫に同調した。

「では、母屋に戻りましょう」

里中が、葉、茎、根のサンプルを、持参したビニールの無菌収集袋に入れて、ジッパーを閉じた。

私も、検査に使用した器具を、すべて無菌のビニール袋に入れて口を閉じ、里中が回収したサンプルの袋と一緒に、デイパックに収めた。それから里中と二人で仮の防疫境界線まで戻った。

私は、デイパックに残っていた最後の道具であるビニールシートを取り出し、防疫境界線の手前に敷いた。

　里中と一緒にスニーカーからシューズカバーを外し、二人並んでシートの上に乗った。外したカバーをビニールの袋に詰めてから防疫服を脱ぐ。

　二人の口から自然に「ふうっ」と吐息が漏れた。一気に涼しさがやってきて、生き返った心地になった。里中は髪を手で軽くとかしてから、タオルで首筋の汗を拭いた。Tシャツが汗に濡《ぬ》れて下着が透けて見えた。

　脱いだ防疫服は、いったん境界線の汚染されている側、つまり農場の側に置いた。ついで防疫服を無菌の大きなビニール袋に入れて、汚染されていない側、つまり母屋の方向に放り投げた。

　最後に自分たちも母屋の側に降り、ビニールシート、マスク、裏返しに脱いだグローブを別のビニール袋に入れて封をした。

　荷物をトランクにしまうと、車で待機していた松本をともなって、三人で緒方家の母屋に向かった。

　我々は畳張りの部屋に通され、しばらくすると和代が麦茶を運んできた。

　テーブルの向こうでは、辰夫がせわしなく貧乏ゆすりをしている。その隣に和代が正座したのを見て、里中が話し始めた。

「このハウスのトマトは、すべて焼き払っていただきます」

何の前触れもない、いきなりの結論だった。緒方夫婦ばかりでなく、私までぎょっとした。

「このハウスの土はすべて捨てて、別の土に入れ替えてください」里中は容赦なく説明を続けた。「それから先ほど拝見した農機具は、すべてホースの流水で洗浄してください。土の処分の仕方と農具の洗浄法については、こちらにいる県庁の松本さんから後日ご案内があります」

和代が真っ青な顔で、「おとうさん……」と、夫の袖口をつかんだ。

辰夫は、軽く目を閉じたまま、表情を変えることはなかったが、貧乏ゆすりがいっそう激しくなった
「ご心痛いかばかりかと、お察しいたします」

私は夫妻の気持ちを少しでも和らげようと、できるだけの同情をこめて言った。

「ハウスの中にはまだやられてない株もあるけん、それを生かしゃあよかったい」

辰夫は、和代を励ますように言った。

彼らの最後の希望を打ち砕かなければいけないのは、心苦しかった。私は大きく息を吸い込んだ。

「お宅のトマトのあの症状、あれは、恐らく病原体、それもウイルスのせいだろうと

思います」

かつて見たことのない症状だったが、研究室で写真を見たときから、私はそう確信していた。

「ですから、ご主人、被害が出たハウスの株は、病気のものも健康なものも区別することなく、一つ残らず焼き払っていただかなければならないんです。なぜかというと、今は健康そうに見える株も、まだ発症していないだけで、すでにウイルスに感染しているかもしれないからです。これは別のハウスやほかの農家さんへの感染拡大を防ぐために、必ず守らなければならない国が定めた手順です」

辰夫はかっと目を見開き、挑むような視線を私に送ってきた。

だがそれも一瞬のことで、次の瞬間には、力なくがっくりと肩を落とした。

私を責めたところでどうにもならないことは、辰夫にも充分わかっているのだ。

「ばってん、どげんもならんもんですかねえ」和代は今にも泣き崩れそうだった。「息子が四月に大学に……」

「余計なことはいわんでよかっ」

辰夫が和代を一喝した。

部屋の中がしんと静まりかえった。遠くにひばりの鳴き声が聞こえた。

「どうにもやりきれない気分です」

運転していた松本が、ぼそりと言った。

私にはそれに答えるべき言葉がなかった。私たちは、緒方夫妻とは違い、安全地帯にいる。焼き払え、捨てよ、というのは簡単だ。

「もうすぐ高速です。その前にどこかで休憩しますか？」

「いいえ、すぐに着替えたいので、ホテルへ直行してください」

里中は、松本の提案を言下に打ち消した。「下着までぐっしょり濡れちゃってるんで、早くさっぱりしたいんです」

無意識にこういうことを口走るから、里中は怖い。

後部座席から見ても、松本が動揺しているのがわかった。


翌日は、朝七時にホテルをチェックアウトした。夕方の便で帰京予定だったので、荷物はフロントに預けた。松本がホテルに迎えにきて、前日同様に道具類を軽自動車に積み込むと、県東部、阿蘇山の南に広がる山都町に向かった。全体に標高が高い地域で、冷涼な気候をいかした夏冬トマトの栽培が盛んだ。

山都町には「通潤橋《つうじゅんきょう》」という江戸末期に作られた石造の水路橋があり、重要文化財になっている。熊本を襲った地震にも崩落しなかったが、安全検査のために長らく橋への進入は禁止されていた。先頃、それも解かれたと聞いたので、松本に確かめた。

「そうですね。また橋を歩いて渡れるようになったみたいですね」

それが呼び水となり、逆に松本が私に質問してきた。

「安藤先生は、山際教授の研究室にお勤めなんですか？」

「ええ。教授とは、学部生時代からの付き合いですから、もう腐れ縁ですよ」

私は苦笑しながら答えた。

「このような調査に、お二人がご一緒に行かれること、よくあるんですか？」

松本の質問は続いた。

「初めてですね……。同じ学部の出身ですが、入学した年も違うし、初対面に近いです」

私は小さな嘘《うそ》をついた。

助手席の里中は外の景色に目をやったままで、会話に加わろうとしなかった。

「そうでしたか。てっきり普段から調査チームを組まれているのかと思いました」

「そう見えますか？」

「ええ。なんだか、お二人の息がすごい合っているようでした」

「それは……」私は強い口調で結論づけた。「里中さんが農水省でも優秀な人だからでしょう」

この日の訪問先は、中玉の「フルジカ」という品種を作っている林田家だった。まずは松本が挨拶に行ったのは昨日のとおりだったが、話はすでに通してあるはずなのに、ゴーサインが出ない。

私は嫌な予感がした。

「ご主人が、農場に入るのは里中さん一人にしてくれ、と言って聞かないんです」

戻ってきた松本は、困りはてたような表情で言った。

「しかし一人でできる作業量ではないし、調査の公平性にも問題が生じます。どうにか説得して、二人とも圃場《ほじょう》に入れるようにしてください」里中は頑として譲らなかった。

再度、松本が説得に当たり、ようやく二人で林田家の農場に入ることが許された。

林田は、緒方夫婦のように協力的でなく、立ち会うというよりも、こちらの動きを監視するように、作業する私たちの横に立っていた。

ここのトマトも、被害は葉・茎に及び、葉肉の内部まで著しく退緑していた。フルジカはウイルス耐性の強い品種だが、それでも無残な状態に陥っている。

林田家にもトマト株の全株焼却処分を通告するほかなかった。前日空気が凍り付いたことに対する反省から、この日は里中でなく私が結論を話すことになった。

「トマトを救うためにあらゆる手をつくしますから。どうぞ今は、焼却処分をご承諾ください」

私は説明をすべて終えてから、林田にそう言って頭を下げた。

「あんた」

それまで黙って聞いていた林田が、突然唇をわなわなと震わせて、私の顔を指差した。「どうせあんた、またデータば捏造《ねつぞう》しよったろ」

林田は、傲然《ごうぜん》とそう言い放つと、メールをプリントアウトしたと思《おぼ》しき紙を私に突き付けてきた。私には、一瞬何が起こったか理解できなかった。しばらくの間、ただ呆然《ぼうぜん》と林田の顔を見つめ返した。

「ぐうの音も、出んとやろ」

林田が勝ち誇ったように言った。

誹謗《ひぼう》の内容自体は見聞きし慣れたもので、今さら何の痛痒《つうよう》も感じない。しかし大学から遠く離れた九州の農家にまで、私をおとしめるためのデマが行き渡っていることには、強い衝撃を受けた。

里中が林田に事情を問いただすと、この日の朝、ＪＡ熊本のアドレス宛に「通りすがり」と名乗る者からメールが届き、「トマトの病害を調査に来ている安藤という男は、データを捏造する最低の学者である」と知らせてきたのだという。証拠として、数年前に世間を賑《にぎ》わせたある事件の記事が添付されていた。おせっかいなＪＡの役員が、林田にそのメールを転送したようだった。

「もう言い逃れは、できんばい」

林田の太い指がテーブルを打った。

「それはマスコミの書いた根も葉もない中傷記事です」里中が淡々と抗弁した。「それに、その記事は、今度の病害とまったく関係がありません。黙って我々の指示に従っていただかなければ困ります」

里中の発言が、林田の怒りの火に油を注いだ。

「その言い草はなんか！　聞き捨てならんばいっ！」

林田は激昂《げきこう》して立ち上がった。前の日と違い、こうした場合に緩衝剤になってくれるはずの細君を、林田は地震で失っていた。

里中の身の危険を感じ、私も反射的に立ち上がった。

林田の怒りの矛先は私へと変わった。ちゃぶ台を乗り越え、私に跳びかかってきた。

林田が繰りだした右腕の拳《こぶし》を、私は左の前腕を使った「払い防禦《ぼうぎょ》」でかわして、誰もいない後方に跳びすさった。里中や松本だけでなく、林田にも怪我《けが》をさせるわけにはいかなかった。

林田の横で、県庁の松本が、突然畳にひれ伏した。

「林田さん、ここはどうかこらえてください。県のほうでも、いろいろ対策を講じますから、どうかお願いします」

立ったまま肩を大きく上下させていた林田が、急に力が抜けたように、へなへなと畳に崩れ落ちた。

やがて林田は涙ぐみながら、トマトの全株焼却処分の同意書に署名した。

熊本のトマト農家は、先の地震で大きなダメージを受けた。ようやく立ち直りかけている矢先の今、このトマトの病変が拡《ひろ》がれば、熊本の農家は完全に息の根を止められてしまうだろう。

事態は急を告げていた。

「運動をやってらしたんですか?」我々を空港まで送り届ける車中で、松本が聞いた。

「先ほど、林田さんのパンチをかわしたときの動きは、目にもとまらない速さでした」

「遊び程度ですけどね」私は子どもの頃から大学を卒業するまで通った、空手道場の汗臭い空気を思い出した。「格闘技系を少々。今はすっかり体がなまっています」

「やはり、そうでしたか」

その後しばらく松本は、自分に何かを言いきかせるように、時おり「うん、うん」とうなずきながら運転した。

「実は差出人不明の中傷メールは、県庁にも届いたんです」

空港がいよいよ近づくと、松本がたまりかねた様子で打ち明けた。今朝、私の所属する研究室について松本が質問をしたのも、そのメールが理由だった。

「失礼とは知りつつ、山際教授にも電話して確かめさせていただきました」

「教授は、なんておっしゃってました？」よせばいいのに、里中が松本に聞いた。

「ええと……」松本は少し言いよどんだ。「学者として安藤先生ほど信頼できる人はいない、と」

里中が笑った。「ほんとうは、もっとひどい言い方ですよね」

「そうだったかもしれません」松本もそう答えて笑った。

「あの人は暴力団の幹部も、口喧嘩《くちげんか》で震え上がらせることができるんだ」私も笑うしかなかった。


東京に向かう飛行機の中で考えた。

生物の免疫系には、先天的に備わっている自然免疫系と、後天的に得られる獲得免疫系の二つの系統がある。

いわゆるワクチン療法は、この獲得免疫の仕組みを利用している。死菌や不活化病原体に体をあえて感染させることで抗体を作り、来たる病原体の本格的な攻撃に備えるのだ。

ところが植物には獲得免疫系がない。

必然的に植物ウイルスにはワクチンというものが存在しない。

植物のウイルスに対しては、原因療法も対症療法も存在せず、今のところ現状を破壊して感染の拡大を防ぐ以外には、なんの有効な手段もないのである。

世界中の植物病理学者が、植物ウイルスと闘う方法を模索しているが、まだ決定的な対処法は見つかっていない。

つまり、九州のトマトを病変から守るのは、きわめて難しいミッションだということだ。

3

大学に出勤すると、春休みで学生の姿がまばらなキャンパスで嫌な男と出くわした。農学部教授の江崎万里《えざきばんり》だ。江崎は、次期農学部長の椅子を狙っているというもっぱらの噂《うわさ》だった。

普段は私が挨拶しても、ほぼ無視して通りすぎるのに、この日は違った。

「九州では、ずいぶん楽しい思いをしたようだな」

江崎は私の前に立ちふさがった。

「楽しくはないですよ」

軽く会釈してやりすごそうとしたが、強い力で左肘をつかまれた。江崎は手に力を込めて私の体を引きおろし、耳元に口を寄せる。そして低い憎しみのこもった声で付け加えた。

「きさまのような卑劣漢が、我が帝都大学の代表者づらをするな」

私は驚いて、江崎の昆虫めいた顔を見返した。

「そんなつもりはありません」

「里中は、なぜきさまを指名した？」

なるほど、そういうことか。江崎は里中シンパのようだ。どうやら里中と二人で熊本視察に出かけた私に、嫉妬《しっと》しているらしい。

「農水省が私を指名したわけではなく、農学部で一番ヒマな人間にお鉢が回ってきただけです」

「ふん」江崎は汚い物でも放り捨てるように、私の腕を放した。「確かにきさまは、チームも持たず後進の育成もしない、単なるなまけ者だからな」

私は、里中のジジイ転がしぶりに舌を巻いた。きっと農水族の政治家も、同じように手玉にとっているに違いない。

「改めて念を押しておく」江崎が言った。「きさまは『学界のユダ』だ。きさまのような人間が、わが帝都大学の教授になる日は永久に来ない。覚えておくことだ」

私は黙ったまま、江崎を見返した。

江崎が私をどう見ているかについては、充分理解しているつもりだった。だが、誰からのものであれ、自分に対する憎悪をこうはっきりと突きつけられるのは、あまり気持ちの良いものではない。

江崎は「ふん」と鼻を鳴らすと、そのまま大股で歩きさった。

その後ろ姿を目で追いながら、「江崎が、私に関する怪メールを熊本に送った可能性はあるだろうか？」と考えてみた。

権勢欲ばかりが肥大した人間だから、他人を追い落とすために悪口を言いふらすことぐらいは、平気でやりそうだ。

だが、自分より格下と見下している人間相手に、わざわざそんなことをするだろうか？

それに江崎なら中傷メールなどという回りくどいことをせず、堂々と県庁に電話して、「安藤を使うな」と要求するだろう。そういう男だ。

私には判断がつかなかった。

生命科学研究棟に着くと、教授室のある八階に上がった。

六日前に里中から仕事を依頼された応接セットに座り、山際教授と向かい合った。

熊本みやげのドライトマトを手渡すと、教授は袋をばりばりと破き、二つ三つを同時にほおばった。とくに感想は言わない。私は教授が食べ物について、うまいとかまずいとか言っているのを聞いたことがない。

「県庁の職員から、くだらん問い合わせがあったぞ」

「面目ありません」

　怪しいメールが出回ったことを、ごく簡単に話した。

「どうせ鼻の下を伸ばしながら、だらだら仕事していたんだろ」

「そんなことはありません」

「一日目の仕事ぶりに納得していれば、県庁の職員だって、余計な疑いを持たなかったはずだ」

　それはそうかもしれない。やはり松本にも防疫服を着せて、調査に立ち会わせるべきだった。

「で、どうだ。やはりウイルスか？」

　教授は本題に入った。

「そう考えて間違いないと思います」

「どんな症状なんだ？」

「二軒の農家を回りましたが、どちらもひどい有様でした。いずれの圃場でも、夏秋トマトの定植前の苗に病変が発生しています。発症は播種からおよそ一週間後、退緑赤変矮化が共通の特徴です。我々が調査したのは、発症からおよそ二週間後というタイミングでした」

「赤変か……。確かに茎も葉も真っ赤になっていたな。しかしそんな奇妙な病変、いまだかつて聞いたことがない」

「今日じゅうに農水省から各地の病変サンプルが届く手筈《てはず》になっています。それを分《アッ》析《セイ》すれば病原体が何かはすぐ判明するでしょう」

「そういえば、クワバの会長から苦情が入ってるぞ。おまえ、大事な会議を自分の一存で延期にしたそうだな」

私はあきれて、教授の顔を見た。

「熊本の調査を優先したから、クワバに行けなかったんじゃないですか」

「それでも相手を怒らせんよう上手くやる、それが大人の対応ってもんじゃないか?」

私は教授に「すみませんでした」と頭を下げた。

これこそが、大人の対応である。

定例ミーティングを一度リスケした程度のことで、わざわざクワバの会長がクレームを付けてくるとは、とうてい思えない。つまりこれは教授の意地悪だ。

変わり者の教授は、人をいじめたり、揶揄《やゆ》したりすることでしか、コミュニケーションをとれない。それがわかっているので、特に腹はたたなかった。

研究室に戻ると一階の保安窓口から連絡があった。私あての荷物を持った来客が、研究棟の前で待っているという。すぐに受け取りに向かった。

階下に降りるエレベータで、准教授の都築《つづき》と乗り合わせた。院生たちを引き連れて、外にお茶を飲みに行くところらしい。

「どうぞこちらへ」都築がつめて、私の乗るスペースを空けた。

院生たちは、ノーベル賞候補を話題にしていた。狭いエレベータの中なので、いやでも生物学の重鎮たちの名が耳に入る。

「都築先生は、どう思われますか？」院生の一人が聞いた。

「どうだろう、生理学・医学賞は、ライバルが多いからね」都築が答えた。

「だいたい生理学と医学を一つの賞に同居させることが、初めから無理なんですよ」

別の院生が言った。

「だけど武田《たけだ》先生の名前が出てないのはおかしい」都築が確信に満ちた声で言った。

「私は日本人では最右翼の候補だと思っているよ」

「あ、武田十介《じゅうすけ》を忘れてた」最初に質問した院生が、自分の額をパチリと叩《たた》いた。

私も忘れていた。武田十介は、生物学者ではなく医学者だからだ。

確かに彼の功績はめざましい。すでに二つの難病の治療法を確立し、そのほかにも二、三種類の薬が、アメリカの臨床実験でフェイズ2まで進んでいるはずだ。

「やっぱ医学賞と生理学賞の同居はムリだよ」先の院生がふざけて悲鳴を上げた。「こっちにもノーベル賞を回してくれえ」

エレベータの中に笑いが満ちた。私もつられて笑った。科学に対する楽観的な希望と無邪気な信頼をいだく若者たちの姿がまぶしかった。

都築たちのグループは、一階で降りると、足早に廊下を遠ざかって行った。

その後ろ姿を目で追いながら、都会的なスマートさを身につけた都築が、例の怪メールの送り主である可能性を疑ってみた。

そうは思いたくなかった。

都築は、私より年は若いが、すでに准教授だ。着実に研究実績も上げており、将来を嘱望されている。先の院生たちとのやり取りからも明らかなように、指導者としての人望も厚い。

だが私に対して、ある種の煙たさを感じているかもしれない。私のほうが年上だが、肩書きは都築が追い抜いてしまっているからだ。

都築が職階や肩書きにこだわらない人間であろうとしているのは確かなことに思われた。

だが人は、わからない。

面倒を見ている院生に、「うちの学科は、助教の枠が一人埋まっているから、職に空きが出にくい」などと愚痴られでもしたら、私を疎むようになってもおかしくはない。それどころか、教え子を可愛《かわい》く思う指導者ならば当然と言えるかもしれない。疑いだしたら、キリがない。

だから私はそれ以上考えるのをやめた。何より、身の回りの人間を次々疑うようになっては、それこそ怪メールの送り主の思う壺《つぼ》と判断したからだ。

一階の保安窓口の前で男が私を待っていた。

「荷物は保安窓口に預けてくれてよかったんですよ」

私が言うと、男は首を振った。「受取人への手渡しが指定されているんです」

男は、農水省の人間で、里中からの使いだった。私は礼を言いながら、男の差し出した紙に受け取りの署名をした。

彼から手渡されたアタッシェケースには、毒々しいバイオハザードのピクトグラムが貼ってあった。

私は研究室には戻らず、アタッシェケースを持ったまま地下の実験フロアへ向かった。

「いまサンプルを受け取った」廊下を歩きながら里中に電話した。

「五か所分入っています」

「病原体の培養に二、三日、それがすんだら単離して病原体特定の分析《アッセイ》を行なう」

「病原体の正体がつかめたらお知らせください」

里中はそれだけ言うと、そっけなく電話を切った。

私は、しばらく自分のスマートフォンを見つめた。里中の声をもっと聞いていたいという思いが、自分でも意外なほど強く湧いていた。教授たちを笑っている場合ではなかった。

ロッカールームで、白衣、無菌帽、ゴーグル、マスク、ラテックス手袋、足ぶくろという実験用の完全装備に着替え、バイオセーフティレベル3の実験室に入った。

私は軽く深呼吸した。実験室特有の無機的な匂いが私は好きだ。この匂いをかぐだけで、体の内側から活力が湧いてくる。

アタッシェケースには、里中の言葉どおり、五か所分の病変サンプルが入っていた。一点一点無菌パックに封入され、それぞれのラベルに宮崎県宮崎市、大分県竹田市、熊本県八代市、熊本県阿蘇市、熊本県山都町、と採集地の地名が印字されている。

トマトの品種はさまざまだったが、目視で観察する限り症状はどれも同じだった。

病原体の分離を試みる。病葉を乳鉢で磨《す》り潰《つぶ》して水溶液を作り、濾過《ろか》した溶液を実験用トマトの葉の培養細胞に投与した。

その作業を五回繰り返し、できあがった五か所分の病原体培養シャーレを、実験室備え付けのインキュベータに収めた。これで二、三日もすれば培養結果が出るだろう。

ウイルスと病原菌は、世間でしばしば混同されている。

だがこの二つは別のものだ。病原菌は微生物であり、ウイルスは物質である。両者をあわせて病原体と呼ぶ。

病原菌は細胞でできている生物であり、代謝活動を行ない自ら複製する。例えばコレラ菌は人体に取り込まれると、体内で繁殖して人間にとって重篤《じゅうとく》な健康被害をもたらすが、普段は川に棲《す》んでおり、そこでも自己増殖を繰り返している。コレラ菌は生物だから、これが可能なのだ。

だがウイルスは、生物ではない。

ウイルスの実体は、あくまでも物質である。タンパク質の殻に包まれた核酸という物質である。

通常の生物の細胞内には、ＤＮＡとＲＮＡの両方が存在するが、ウイルス内には基本的にどちらか片方しかない。

宿主に感染していない物質状態のウイルスは、「ビリオン」と呼ばれ、自己複製することができない。また結晶化するなど、明らかに物質としての特徴を示す。

ところがいったん宿主に感染すると、ウイルスは宿主の細胞内のＤＮＡなどの自己複製機能に「ただ乗り」して増殖を始める。

病原菌やウイルスに感染した生体が、様々な異常を呈している状態、それが「病気」である。

数日後、私は再び研究棟地下の実験室にいた。

インキュベータから、病原体培養シャーレを取り出す。それらをクリーンベンチと呼ばれる無菌実験台に並べて、一つひとつ目視で確認した。

想定どおりのことが起きていた。

培養細胞はすべて退緑赤変しており、五つのシャーレは全く同じ病変を示していた。

私は、それぞれのシャーレの内容物を、別々の無菌パックに封入し、それらをさらにバイオハザード物質輸送用のコンテナに入れて、地下の実験室を後にした。

ロッカールームで、着てきた服に着替え、そわそわしながらエレベータを待っていると、実験室フロアに降りてきた准教授の都築とばったり出くわした。

「おや、さっき降りたと思ったら、もう実験は終わりですか？」

都築が私の服装を見て言った。

「ちょっと、外で用事があって」

私が短く答えると、都築は「ふうん」と言いながら、私が持っていたコンテナにちらりと視線を落とした。

「それじゃ」

私はすばやくエレベータに乗り込み、一階ボタンと「閉」ボタンを押して、都築に微笑《ほほえ》んだ。

コンテナにはバイオハザードのピクトグラムが描かれている。本来、みだりに実験室から外部に持ち出すことはできない。

都築はケースの中身について、私に尋ねなかった。私を信頼しているのか、あるいは私のやることになどまるで興味がないのか。

そのどちらなのかは、私にはわからなかった。


地下鉄東西線の落合《おちあい》駅で降りて、しばらく早稲田《わせだ》通りを歩いてから、住宅街へと曲がる。細い裏道を十分ほど歩くと、瀟洒《しょうしゃ》な家の前に出た。

ドアホンを鳴らして待つと、玄関に細身の人物が現れた。

「久しぶりだな、モモちゃん」

「久しぶりすぎよ。まあ入って」

モモちゃんは、モスグリーンのタートルネックに、赤いストールを巻いていた。セーターの深い緑色は、本物のモス、つまり苔《こけ》を身にまとっているように見えた。

モモちゃんは私をリビングに案内すると、「ちょっと散らかっているけど我慢してね」と言って、キッチンへ飲み物を作りに行った。

リビングには邪魔にならない程度の音量で、ブライアン・イーノの環境音楽が流れていた。

床やソファの上には読みかけの雑誌や書類が置かれ、確かに雑然としていた。しかし不思議と散らかっている印象は受けない。チャコール、ブラウン、グリーンといったアースカラーを基調にしたインテリアは、そこにいるものをくつろいだ気分にさせる。

私は毛足の長いカーペットに直《じか》に腰をおろした。温度も湿度も低めに設定されているため、暑苦しさはまったく感じなかった。

やがてコーヒーの馥郁《ふくいく》たる香りが漂ってきた。

モモちゃんは、コーヒーカップと紅茶のカップを洋菓子とともに盆に載せて戻ってきた。リユースの古い木製のちゃぶ台の上にカップを置くと、私の反対側の壁際に座る。透けるように薄い茶色の瞳で、私の手元を見つめた。

「その手、あいかわらずほれぼれするわね。指の根元のゴツゴツしたふくらみなんか、たまんないわ」

「またそれか」

私は傷だらけの自分の手の甲を見ながら苦笑した。

私は十代の頃、空手に熱中していたので、指の根元に拳だこがある。あまり見栄《みば》えのいいものではないはずだが、モモちゃんは「科学者っていう職業とのギャップがいい」と誉《ほ》めてくれる。里中からは、一度も誉められたことがない。

「で、どういうことなの？」モモちゃんの口調が改まった。「急ぎの用件らしいけど」

モモちゃんは、バイオハッカーである。

アカデミズムをドロップアウトしたフリーランスの分子生物学者を、我々の世界ではこう呼ぶ。バイオとハッカーという響きから、脳をネットワークに繋ぐサイバーパンク的な研究を思い描く人もいるようだが、あくまでも産、官、学、いずれの組織にも属さずに、個人の知恵のみによって生物学の問題を解決しようとする科学者の総称だ。

日本ではあまり知られていないが、アメリカにはこの手のフリーの研究者がたくさんいる。ＩＱが高く、同時に社会に適応できない、いわゆる高度社会不適合者が多い。なかでもモモちゃんは、「二十一世紀最強の天才バイオハッカー」と呼ばれており、海外の学術雑誌で、その功績が最大級の賛辞とともに紹介されている。

私は今回、モモちゃんの力を借りることにした。熊本のトマトの病変の原因を明らかにするのは、難しいうえにスピードを要する。一人ではやりきれないかもしれない、と思ったからだ。私は、これまでにも、何度かモモちゃんに研究を手伝ってもらっていた。

「状況は深刻だ。原因不明のトマト枯死被害が九州で拡がっている。おそらくウイルスによるものだが、おれも一度も見たことのない症状だ」

「ふうん」

モモちゃんは、顔の横に伸びた枝毛をいじっていた。良くない兆候だ。

「だけどなんで、あんたがそんな仕事してんの？」

「それは……」私は言葉につまった。「山際教授に頼まれたからだ。おれは、教授の頼みを断れない」

モモちゃんは、急に鼻をくんくんと鳴らした。そして前かがみになって、私の体の匂いを嗅ぐ仕草をした。

「女の匂いがするわ」

「え……」

思わず二の腕あたりの匂いをかいだ。

モモちゃんが、体を折って笑う。

「バカね。ほんとに匂うわけないでしょ。仁《じん》ちゃんからは、実験室の試料と男のエキスしか匂ってこないわ。でも」こちらをきつい目で見た。「これではっきりしたわ。女がらみね」

「そういうわけでは……」

私は額のあたりに手をやり、出てもいない汗をぬぐった。

「わかった、農水省ね。なんて言いましたっけ？　里中しほりだ。女であることを最大限に利用して世の中を渡るやつ。あの手の女、あたし大嫌いなのよ」

そしてモモちゃんは、紅茶を飲むと小さい声で付け加えた。「ごめんなさいね。この仕事は受けられない」

「頼めるのは、モモちゃんしかいないんだ」

「あたしは、エスタブリッシュメントの仕事はしないの。あたしに農水省の仕事をさせるなんて、ベジタリアンに肉を食べさせるようなものよ」

確かにそのとおりかもしれなかった。私には、それ以上モモちゃんを説得する言葉がなかった。

「わかった、あきらめるよ」私は持って来たケースをちゃぶ台の上に置いた。「せっかくの機会だから、モモちゃんの意見を聞かせてくれないか。これからの作業の参考にしたい」

「だめよ」モモちゃんは、いやいやするように手を体の前で振った。「勝手に出さないで」

「ここに実験用トマトに感染させて作った培養細胞が五つある」私はかまわず話を進

めた。「病変サンプルの採集地はすべて異なる。つまり五か所分だ。症状はどこも似ているから、おそらくすべて同じウイルスだと思う。違うウイルスである可能性はあるかな?」

「仁ちゃんがそう思うんなら、きっと同じなんでしょ」

「ウイルスを単離して、種類を特定したい」

「簡単な仕事ね」

「はたして簡単かどうか」

「というと?」

「見たことのない症状だと言ったろ? 葉も茎も、葉緑体が後退して真っ赤に変色している」

「最初から全部焼いちゃえばいいんじゃないの? どんなウイルスかわかったところでどうせ治せないんだから」

モモちゃんは、植物のウイルスには、原因療法も対症療法も存在しえない点を指摘した。

「病変トマトが出現した畑は、すべて焼いている。とはいえ未知のウイルスだ。まずは正体を摑《つか》まないと、断ち切るべき感染ルートも特定できない。病変した植物自体が次の感染源になっているのか、あるいは土中の菌や虫が媒介するのか……」

「未知のウイルスねえ」モモちゃんが、ケースの上に左手を置いた。「あたしだって、これで、けっこう忙しいのよ。仁ちゃんはこうやって図々《ずうずう》しくいきなりうちまで来ちゃうけど、あたしに頼み事がある人はみな、大人しく順番作って待ってるんだからね」

「わかってる。だけどこの仕事の緊急度が高いことは、モモちゃんだってわかるだろ」

「ああん、もう！」

モモちゃんは、勢いよく立ち上がると、乱暴にケースを持ち上げた。「仕方ないわねえ、惚《ほ》れた弱みよ、やってあげるわ」

「引き受けてもらえるのか？」思わず声がうわずった。

「これはあんたから直接請ける仕事で、農水省はいっさい関係ないからね。あの女を絶対ここに連れてこないでよ」

「わかった」私は苦笑いを浮かべるしかなかった。「約束する」

モモちゃんはゲイである。しかし「惚れた弱み」というのは、一種のごまかしだろう。エスタブリッシュメントの仕事はしない、と言いながらも、なぜだかモモちゃんは私の依頼を断ったことはほとんどなかった。

目の前に困難な問題が立ちはだかると、猛然と解き始めずにはいられないのがバイオハッカーという人種だからだ。難易度が増すほどに、彼らの好奇心は強くなる。

そしてモモちゃんは、世界で最も優秀なバイオハッカーである。

モモちゃんはケースを持ったままリビング奥の自動ドアを開けた。ドアの向こうにはミニラボが広がっている。そのラボは、帝都大学生命科学研究棟の地下にある実験室同様、バイオセーフティレベル3にある。

立ち上がってラボの中を覗き込むと、試験管、シャーレ、電動ピペットなどの道具、高速遠心分離機やPCR装置といったお馴《な》染《じ》みの機材が並び、そして特注なのか見たこともないような機械が置いてあった。

モモちゃんは、一軒家を改造して自宅兼ラボとし、一年中ほとんど外出することなく、研究に明け暮れている。室内が涼しくて快適なのも、実験に適した環境を保つためだ。

「実験着に着替えるから、もう帰って」モモちゃんが、ラボの中から話しかけた。「それとも、あれ？　あたしの裸が見たいっていうのなら、まだいてもいいのよ」

私は慌てて退散した。

その夜遅く、クワバ総合研究所の倉内から電話があった。

「リスケジュールした明日のミーティング、忘れてないよな」

翌日の金曜日は、ずれ込んだクワバとの定例ミーティングの実施日だった。私が確認のメールを入れないので、倉内は少し心配になったらしい。

「大丈夫、忘れてないよ」

「おまえ、いつも少し早めに来るよな?」

「ああ。それがどうかしたか?」

　電車の時間の関係で、どうしても早着してしまうのだ。

「だったら、ミーティングの前に、おれの部屋を訪ねてくれ。この間も言ったが、ちょっと話しておきたいことがあるんだ」

「そんなに急ぐんなら、いま電話で話してもいいぞ」

「どうしても会って話したいし、それに今は忙しい」

「忙しいって、おまえ……」

「これからちょっと、人と会う約束があるんだ」

「こんな時間に?」

　改めて時計を確認すると、すでに夜の十時を回っていた。

「ちょっと野暮用でね」倉内は憂鬱そうな声を出した。「じゃあ明日はよろしく頼む」

　倉内はそう言うと、急いでいる様子で電話を切った。

　倉内の声を聞いたのは、この電話が最後になった。

　翌日、私がクワバに到着したとき、倉内はもうこの世の住人ではなくなっていた。

4

クワバ総研の門の前に制服の警官が立ち、敷地内に入る車や人を制限していた。

私は最初、政府の要人や海外の重要人物が訪問しているのかと思った。農業の最先端の研究をしているクワバには、国内外からの視察が多いからだ。

門からやや離れたところでタクシーを止め、訝《いぶか》しげな表情を浮かべる運転手に料金を払って車を降りた。この日のつくばは、天気は良かったものの風が冷たく、歩きながら思わずスプリングコートの襟を合わせた。

総研の玄関が見えてきて、いよいよ、ただならぬ事態が起きていることがわかった。回転灯を消したパトカー二台が車寄せに停車し、入口をふさいでいた。玄関には黄色い規制テープが張り巡らされている。ふと数日前に自分も農家と圃場に境界線を作ったのを思い出した。異変があると人間は境界を設ける。

それでもせいぜい、盗難事故でも起きたのか、ぐらいに考えていた。

「どちらへ行かれますか?」

門を黙って通りすぎようとする私を見とがめて、警官が質問した。

「安藤先生やないですか」

私が答えるよりも早く、敷地内から声がかかった。総研副所長の牛山慎一《うしやましんいち》だった。

滋賀《しが》県の片田舎の出身で、今も関西弁が抜け切らない。牛山は警官に「クワバがお世話になってる学者さんです」と簡単に説明して、私を玄関へと導いた。

「何かあったんですか？」私は聞いた。

「あとで説明します」

濃紺の作業服を着て、何かを計測したり、印をつけたりしている人々の間を通って、エントランスホールに入る。いくつか並ぶ来客用ソファに、見覚えのあるクワバの社員が何人か座っていた。

一番端で、クワバ総研所長の清川奎三《きよかわけいぞう》が、沈痛な面持ちを見せていた。クワバの専務取締役執行役員で、鍬刃太一郎《くわばたいちろう》会長の後を継ぐ次期社長候補の最右翼と目されている。

牛山が、清川の隣に私を座らせた。

「いったい、何が起こったんです？」

私は質問を繰り返した。

「安藤先生は、今日はどうしてこちらに？」

清川が、心ここにあらずといった表情のまま質問を返す。

「月曜の倉内たちとの定例ミーティングを、今日にリスケジュールしたんです」

清川と牛山の体が同時にこわばるのがわかった。

「どうしました？」

私は馬鹿みたいに質問を重ねた。

ひどい胸騒ぎがした。

「倉内が……、昨夜亡くなりました」

普段は「鉄仮面」と綽名《あだな》されるほど冷静な清川の声が、わずかに震えていた。

「冗談はよしてください」

清川が私をからかっているのだと思った。

だが清川や牛山の暗い表情や、警察官たちが動き回る周囲の状況は、それが冗談ではないことを明確に物語っていた。

「ありえません」私は狼狽《ろうばい》して、ひたすら否定の言葉を発した。「だって倉内とは、ゆうべも電話で話したんですよ」

「我々もまだ信じられへんのです」牛山が蒼白《そうはく》な表情で言った。「朝の七時半頃、私のところに若手の研究員から電話がありまして、実験室で倉内課長が倒れているというんですわ。早出した研究員が発見したんです。私がここに駆けつけた時には、もう救急車が来てたんですが……」

牛山が不意に言葉をつまらせた。見ると、目にいっぱいの涙を浮かべている。

「これはもう、救急の仕事やないと……。それから警察が来て、現場をいろいろと調べて……。倉内の体が大学病院へ搬送されたのは、ついさっきです」

よほど慌てて家を出たのだろう、牛山は服装はスーツなのに、足元には汚れたスニーカーを履いていた。

「では本当に……」私は力なくつぶやいた。

同い年の友人の突然の死に、私は激しい衝撃を受けた。健康そのものだった倉内が、突然会社で仕事中に倒れ、そのまま帰らぬ人となった。

「あんなに元気だった倉内が……」私は、それ以上言葉を続けられなかった。

清川と牛山が顔を見合わせた。

「それが……」清川は、ためらう素振りを見せながら言った。「どうも倉内は、みずから命を絶ったようなのです」

「そんな馬鹿な！」

自分の居場所を忘れて、私は大きな声を出した。

間の抜けた声がエントランスホールに反響し、その場にいる者、すなわちクワバの関係者や、警察官たちがいっせいにこちらを向いた。

「大声を出して、すいませんでした」

私は小声でわびた。

牛山は私の隣に座ると、さらに小さい声で教えてくれた。

「早朝出勤した若手社員が実験室に入ろうとしたところ、いつも使っている入口のドアが開かなかったそうです。それでそいつは、仕方なく予備のドアから中に入りました。そこで初めて、誰かが実験室のドアにタオルを引っかけ、首を吊《つ》って死んでいるのを見つけたんです。入口のドアが開かなかったのは、倉内の体がつっかえていたからでした」

牛山の説明で、現場の様子がまざまざと目に浮かんだ。

「それで今は、どういう状況ですか？」

私は視線をさまよわせながら言った。

「警察が、関係者全員に聞き取り調査をしているところです。こういうときには、ひと通り捜査する決まりになっているのだそうで。解剖も行なわれるそうです」

一階入口に近い応接会議室が、臨時の取調室になっているという。

第一発見者の若手や牛山の取り調べはすでに終わり、倉内の直属の上司で未来技術研究部長という役職にある、一ノ関久作《いちのせききゅうさく》が調べを受けている最中らしかった。

一ノ関は、アメリカの大学に勤めているところを、会長の太一郎から直々にヘッドハントされた人物で、清川の後任の総研所長を嘱望されていた。

一ノ関が応接会議室から出てきた。アメリカ帰りの男は、ネクタイを締め直し、あたりを睥睨《へいげい》するようにひと渡り眺めると、建物の奥へと姿を消した。

続いて久住真理《くすみまり》という女性が呼ばれた。

久住は若く、横顔の整った女性だった。実験用の白衣を着て、背筋をぴんと立てて歩いていた。知っている人物のはずはないのだが、以前どこかで会ったことがあるような気がした。

彼女はこちらに顔を向け、その瞬間、目配せをしたように見えた。私の横にいた、清川と牛山に対する目配せだったのかもしれない。

「久住は、倉内課長の部下ですわ」牛山が説明した。「先生とは、まだお会いしてませんでしたか?」

私は気力を振り絞って、まだ会ったことはない、と答えた。

「数か月前にうちに転職してきたんです。倉内は、今日のミーティングで紹介するつもりだったのかな……」

むなしい推測だった。そのままそこにいると、立つ気力が失われてしまうような気がした。

私はゆらゆらと立ち上がり、清川と牛山に、「今日は帰ります」と告げた。

久住を呼びにきた私服警官が私に気づいて、「失礼ですが、あなたは?」と問いかけてきた。

「帝都大学の安藤です」

私の回答に、警官が目を見開いた。

「亡くなられた倉内さんと、午前中に打ち合わせの予定だった方ですか？」

「そうです」

さすがに倉内の予定は、調べがすんでいるようだった。

「お話をうかがいたいので、このままここにいてください」

言葉は軟《やわ》らかいが、断固たる命令口調だった。

私は仕方なく、もう一度椅子に腰をおろした。倦怠感《けんたいかん》で全身がひどく重かった。

「トマトジュースか何か、お持ちしましょか？」

牛山が私をなぐさめるように言った。


臨時の取調室となっていた応接会議室では、聴取役の刑事が二人で待ち構えていた。ベージュのジャンパーを着たゴマ塩頭のベテランは椅子に腰かけ、スーツを着た若いほうは窓枠に寄りかかって外を眺めていた。

私が部屋に入っていくと、ゴマ塩頭が立ち上がった。

「安藤さんですね。つくば中央署の村口《むらぐち》です」そう言いながら、写真付きの身分証明書を私に示した。「お時間を取らせてすいません。どうぞこちらにおかけください」

私は機能的なデザインのソファに腰をおろした。

「こっちの若いのは」村口は私の目から視線を切らずに、頭を振って隣に座った若い男を示した。「萩原《はぎわら》といいます」

野暮ったいスーツを着た若い刑事が、村口の隣で小さく頭を下げた。

「事情はある程度お聞き及びかと存じますが」村口は、眠そうな目に老眼鏡をかけながら言った。「倉内さんの件で、二、三おうかがいしたいことがあります。まず安藤さんご自身のことを、お聞かせ願えませんか」

私は応接テーブルの上に両手を乗せ、手のひらを組み合わせた。

「安藤仁といいます。安心の安に、藤棚の藤、それに仁義の仁です。帝都大学に勤務しています」

「ほお、帝都大ですか。どちらの学部で？」

「農学部です。植物病理学を専門にしています」

「植物病……？」村口が口ごもった。

「植物病理学」

「職業柄、これまでにいろんな人に会って来ましたが、植物病理学者というお仕事の方に会うのは、先生が初めてです」

「父は植物分類学者で、祖父は草花の治療をする樹医の看板を出していました。植物学者は、言ってみれば、うちの家業みたいなものです」

そうした家庭環境だったため、自分が植物病理学者を職業として選んだことに、私は疑問をもったことがなかった。

「では本題に入りましょう」村口が小さくうなずいてから言った。

「午前中、倉内さんと会われるご予定だったそうですが、なにを話される予定だったのか、差し支えのない範囲で教えてください」

「最新の研究成果についての情報交換が目的で、三か月に一度のスパンで行なっているミーティングです」

「つくばにいらっしゃったのは今朝ですか、それとも昨日の晩?」

「いつものように、今朝、来ました。つくばエクスプレスで」

「昨日はどちらにいらっしゃいましたか」村口はそう言ってから、こう付け加えた。

「これは皆さんにお尋ねしていることで、他意はありません」

「東京の自宅マンションです」

「朝から晩までずうっと?」

私は苦笑いした。「昼間は大学で働いていました。夜は家で、溜《た》まっているテレビの録画を見たり、本を読んだりして過ごしました」

大学を抜け出して、モモちゃんに会いに行ったことについては、あえて話さなかった。

「夜は、どなたかとご一緒でしたか」

「残念ながら、一人でした」

早く結婚しろとうるさい、妹の顔が目に浮かんだ。アリバイを証明するためにも、恋人が必要というわけだ。

「ところで、倉内さんには女性関係の噂がありませんでしたか」

「女性関係？」私は驚いて聞き返した。

「はっきり言えば、浮気です」村口が淡々と言った。

「私には想像できません、とても仲のいい夫婦でしたから。こちらに来るときは、倉内の自宅でよく晩飯を食わせてもらっていましたし、今晩もそうするつもりでした」

そうだ、倉内とは、そういう話を昨夜もしたのだ。その倉内があの後で自殺したなど、私にはゆめ信じられなかった。

「金銭トラブルについてはどうですか、例えば、ギャンブルの借金があったとか」

村口が感情を伴わない声で言った。

私は即座に首を振った。「倉内は典型的な堅実タイプです。あいつはギャンブルはいっさいやりません」

村口は私の返事を聞くと、何か考え込んでいる様子で、うつむいたままボールペンでトントンとメモ帳を叩き始めた。

村口の隣でずっと黙っていた若い刑事の萩原が、我慢しきれなくなったように口を開いた。

「何でもいいんです、倉内さんが殺された理由について、思い当たることはありませんか」

村口がボールペンでメモ帳を叩く手を止め、萩原をじろりとにらんだ。聞き違いではなかった。

「倉内は、誰かに殺されたのですか」

私は二人に問いただした。声がかすれていた。

やはり私の疑念は、間違っていなかったのだ。今日のミーティングの予定をわざわざ電話で確認してきた倉内が、昨夜のうちに自ら命を絶つことなどありえない。

「誰が倉内を殺したんですか？」

私は身を乗り出して、二人にそう言いつのった。

「いや」村口がため息をついた。「死因が確定するまでは、あらゆる可能性を検討するんです。それが警察の職分でしてね」

村口の言葉を聞いて、こわばっていた肩の力を抜いた。

「実は、ゆうべ倉内と電話で話をしました」

「ほお……」

村口と萩原が視線を交わした。

「それは何時頃のことですか？」

「夜の十時過ぎでした。倉内からかかってきて、内容は今日のミーティングの確認です」

村口が萩原の耳元でなにごとかささやき、萩原は素早い動きで会議室を出ていった。

「そのとき倉内さんに、普段と変った様子はありませんでしたか」

「あいつは、これから人と会う約束がある、と言っていました」

眠そうな村口の目つきが、鋭さを帯びた。

「倉内さんは、はっきりと口に出されたのですか？　人に会う、と」

「そうです。驚いて、こんな時間にか？　と聞き返したので、よく覚えています」

「だれに会うのか、言っていませんでしたか？」

私は首を振った。「言いませんでした。妙だとは思いましたが、それ以上は尋ねませんでした」

村口の目に、落胆の色がよぎった。

「こんなことになるんなら、もっとちゃんと聞いておけばよかった……」私の口からひとり言のような言葉が漏れた。

「ご自分を責める必要はありませんよ」村口が、私をなぐさめるように言った。

ドアが開き、萩原が紙片を手に会議室に戻ってきて、こちらに聞き取れない声で村口に何かを告げた。村口は「わかった」と言うようにうなずく。

「携帯電話の通話記録によると、倉内さんは、ええ……、確かに昨夜午後十時十七分から四分間先生とお話しされています」

村口は萩原が持ってきた紙を、私の方に滑らせた。「それは昨晩の先生の通話記録と、スマートフォンのＧＰＳデータの閲覧を警察に許可する、という同意書です。この紙にサインしていただければ、先生がその時間にご自宅にいらっしゃったことが、証明できます」

私は同意書にサインして、村口に戻した。

「お聞きしたいことは、以上です。ご協力ありがとうございました。ただ、しばらくの間はいつでも連絡がとれるよう、居場所を明らかにしておいてください」

村口と萩原が腰を上げ、私に軽く会釈した。

エントランス・ホールに戻ると、牛山が一人で待ち構えていた。ずんぐりむっくりの体を揺らし、私の肘をつかまえると、「こちらへ」とホールの隅へといざなった。

「どんなことを聞かれましたか」

牛山は下から探るような視線を送ってきた。私の方が牛山より頭一つ大きい。

「私がここに来た理由とか……。とおりいっぺんのことです」

殺人の可能性があることについては、黙っていた。

科学は先取権、つまり「誰が最初に発見したのか」が重視される世界だ。最先端の生物学を研究していると、人に話せない守秘義務がどうしても生じ、いつしか余計なことを言わないのが習い性になる。

「はあ……」牛山は憂鬱そうに顔を振った。「ほかには？」

「倉内の女性関係とか、借金とか」

牛山が一瞬、思わせぶりな表情を見せた。

「倉内がこうなった原因に、心当たりでもあるのですか？」

私は牛山の肘をつかみ、やや強い口調で問いただした。

「滅相もない、そんなもんあらしまへんがな」

牛山は驚いたように目を見開き、顔の前で、ぶんぶんと手のひらを左右にふった。

「それより、安藤先生は、倉内とはかなり親しかったはずですが」牛山が話題を変えた。

私は、倉内家のあたたかいリビングルームを思い出した。子供は利発そうな女の子が二人。上の子は、たしかこの春、小学校に入学する予定だったはずだ。

「これから弔問に行くんですが、先生も一緒に行きませんか」

倉内家の玄関ドアを中から開けたのは、宇野和也《うのかずや》だった。

私は目顔で宇野に挨拶し、いざなわれるまま、牛山とともに倉内家のリビングに向かった。

宇野は倉内と同期入社の総研総務課長で、私もよく知るしっかりした男だ。会長の信認が厚く、最近は会長秘書に近い仕事もしている。

倉内、宇野、私の三人は同い年で、以前はよく一緒に酒を酌み交わしたものだった。

リビングに入ると、すでに白木の祭壇がしつらえてあった。

宇野が手際よく仕切ったのだろうが、手回しが良すぎて、かえって冷たい感じがした。先ほどまでありありと思い出せていた倉内の息づかいが、途端に遠くなった。

倉内の細君が、畳の上に正座していた。細君の体は、一まわり小さくなったように見えた。子供たちはどこに行ったのだろう。気配がなかった。

廊下から、宇野と牛山が葬儀の段取りについて打ち合わせるひそひそとした声が聞こえてきた。

細君の前に正座したものの、夫に取り残された若い女性にかけるべき悔やみの言葉など、私は知らなかった。

「このたびは……」と言ったあとは、ほとんど意味のない文句をつぶやいていた。

「ご丁寧なご挨拶、いたみ入ります」

細君は床に両手をつき、静かに落ち着いた声で返礼した。

細君は泣いてはいなかった。

だが涙の跡がまだ頬に残っていた。

5

初めてきた中山《なかやま》競馬場はまるで迷路だった。

大量の現金が動く競馬場は、強盗が容易に逃げられないよう、どこもそんな構造になっている。そうどこかで聞いたことがあった。

というわけで、私が馬主用来賓室に着いたときには、約束の時刻を少し回っていた。

「遅くなりました」私は、招いた相手に頭を下げた。「競馬場の中で迷いました」

鍬刃太一郎、それに横に控えていた宇野和也が、同時に立ち上がった。

「よく来てくれました。そこに座ってください」

テーラーメードと思われる、上等な銀鼠《ぎんねず》色のスーツを着た鍬刃太一郎が、自分の前のソファを私に示した。

太一郎はクワバの会長兼CEOで、事実上のオーナーである。七十歳を超えた今も、人の上に立つ人間特有の、あたりを払うような威風を全身から発していた。

その太一郎が、なぜ平日のクワバ本社ではなく、あえて休日の中山競馬場に私を呼び出したのか。私はその真意をはかりかねていた。この日が四月一日、つまりエイプリルフールであったことも、私を落ち着かない気分にさせていた。

私は、太一郎から勧められるまま、真正面のソファに腰をおろした。

「休みの日に呼び出して、すまなかったな」

総研総務課長の宇野が言った。宇野と私は同い年なので、非公式の場では互いにぞんざいな口調になる。

倉内家で宇野と会ってから、五日が経過している。事後処理に追われているのか、顔に疲労の色が出ていた。

警察の捜査は依然として続いている様子で、司法解剖にかけられた倉内の遺体は、まだ自宅に戻っていなかった。倉内の死が、自殺か他殺かすらもはっきりしないなか、関係者はみな自分の感情を整理しあぐねたまま、それぞれの時間を過ごしていたにちがいない。

私は倉内の葬儀の見通しについて、宇野に尋ねた。

「さっきようやく決まったよ。明日月曜六時から通夜、葬式は明後日の午後一時からだ。警察がなかなか倉内の遺体を返してくれなくて、ここまでずれ込んでしまった」

それから宇野は私に「何か飲むか？　アルコールもあるぞ」と聞いた。

テーブルを見ると、二人ともコーヒーを飲んでいた。

宇野はかつてはかなり飲むほうだったが、今は酒を控えている。太一郎はもともと酒が飲めない。それでよく銀座のクラブ通いなんかできるな、と常々不思議だったが、経営者にとっての銀座の魅力は、そればかりではないのだろう。

「私もコーヒーをもらおう」

宇野がウェイトレスを呼び、私の注文をつないだ。

宇野は高級そうなブルーのスーツに、同色のネクタイを締めていた。酒をやめて、どうやら着道楽に目覚めたらしい。

この馬主席では正装が決まりらしく、私も、ジャケットかスーツにネクタイを締めてくるよう指示されていた。普段の私はネクタイを締めることがまずない。慣れない恰好で歩き回ったせいで、私は盛大に汗をかいていた。

太一郎が私を呼び出した理由が見えてこないことも、私を焦るような気持ちにさせていた。

もしかしたら倉内が亡くなったことと、関連があるのかもしれない。例えば年間五千万円にも上る、山際研への寄付金を引き揚げることもありえる。昨夜から、そのようなことを考えて、私は憂鬱になった。

やがてウェイトレスがコーヒーを運んで来て、私の目の前のテーブルに置いた。

宇野は太一郎に声をかけた。太一郎が「そうだな」と言うのを確認し、「ちょっと暑いな、少し室温を下げてもらえませんか」と、自分も上着を脱ぎながら、ウェイトレスに言った。

どうやら暑いのは、私だけではなかったようだ。

「砂糖は？」

宇野がテーブルの上の容器から、スティックシュガーを一本引き抜いた。

私が首をふると、宇野はそれをそのまま自分のＹシャツの胸ポケットに入れた。あまり誉められた行動とは言えないし、昔の宇野だったら、そういう行儀の悪いことはしなかった。なにか別のことに気をとられているのだろう、と私は推測した。

館内アナウンスが、メインレース出走馬の馬体重を発表する、と告げた。レーシングプログラムによると、この日は阪神競馬場で大阪杯というＧＩレースが予定されていた。

だが太一郎は、肝心のレースには全く興味を示そうとしなかった。

私は息を吸い込み、迷いを吹き払ってから話を切り出した。

「今日はどういったご用件でしょうか？」

太一郎が宇野のほうを見て、「あれを」と指示を出した。宇野はうなずくと、静かに部屋を出て行った。

「先生に、ちょっと見ていただきたいものがあります」

ほどなく大きな樹脂製の箱を両腕に抱え、宇野が部屋に戻ってきた。宇野が箱を開けると、どこか懐かしいような土の匂いがした。

箱の底には腐葉土が敷き詰められ、中には未熟な緑色のトマト果実が十個ほど、そして茎が渦まくほどに伸び切ったトマトの木が一株入っていた。

宇野は緑色のトマトの果実をいくつか取り出し、無言で目の前のテーブルの上に並べ始めた。

二人が何をやろうとしているのか、私には見当がつかなかった。

「これがなんだかわかるか?」宇野が私に聞いた。

「トマトだ」私は答えた。「正確に言うと、まだ熟していないトマトだ」

あるいは最近店頭に並び始めた、食べられる緑色のトマトかもしれない。

だがクワバは、トマトの赤い色素である「リコピン」の健康への寄与を重視し、「リコピン教の教祖」とまで呼ばれている。そのような緑色のトマトは、邪道だとして、いっさい取り扱っていなかったはずだ。

「確かに熟していないトマトだ」宇野がにやりと笑った。「だがこの実は今、熟していないだけじゃない。いつまでたっても、熟すことがないんだ」

私は宇野の言葉に困惑した。

「このトマトは我々が開発中の新種だ。掛け合わせた元の五つの品種のイニシャルをとって、『ｋａｇｌａ（カグラ）』と名づけている」宇野は私の戸惑いをよそに続けた。

「驚くなよ、こいつを収穫したのは去年だ」

「去年だと？」私は問い返した。

「去年の十月だ」宇野が答えた。「カグラは、実をつけたまま夏になっても、いっこうに熟す気配を見せなかった。我々はついに諦め、十月になってから、未熟なままのカグラを収穫した。今、安藤の目の前にあるのは、その果実だ。むろん冷凍などしていない」

「エイプリルフールのネタじゃないだろうな？」

「そう思うか？」宇野が真面目な顔で聞き返した。

トマトは足が早い。熟したトマトは、収穫してから数日で腐る。だからトマト栽培業者は収穫したその日のうちに、ホールトマトの缶詰にしたり、煮詰めてピューレにしたりする。

未熟なまま摘《つ》んだトマトでも同じことだ。二、三日もすれば熟し、あとは同じことが起こる。

今は四月なので、前年十月に収穫したということは、少なくとも五か月が経過している。トマトの実が、それほどの長い間、腐りもせずフレッシュな状態でありつづけるなど、とうていありえない。

「緑色のまま成熟するトマトもある」私の頭の中の疑問を、宇野が察知して説明した。

「我々も初めはそれを疑った。だがそれならば、緑の果実の中央に種子が成熟していないとおかしい。しかしカグラの実には、そもそも種子がない。カグラは、ずっと未熟なままで、熟すことも、腐ることもしないんだ」

「自然の摂理に反している」私の声は震えていた。

「そうだな」宇野は平然と答えた。

館内アナウンスが、メインレースの締切が近づいている、という警告を発した。

宇野が時計をちらりと見た。

それから太一郎に、「ちょっと外します」と断ると、慌てたように来賓室を出て行った。

「先生が信じられないのは無理もありません」と太一郎が話しかけてきた。

「私も初めは信じられなかった。だが現にこのカグラは、こうして腐ることなく生き続けている。先生の言葉を借りれば、自然の摂理に反して、ね」

私は目の前にあったトマトを一つ手に取った。

つやつやと緑の輝きを放っている。

収穫されたのに腐敗することなく、いつまでも生き続けるトマトとは……。そんなことが本当にありうるのだろうか？

宇野と太一郎の話が本当なら、このトマトは未知の生物も同然だ。私の中にある科学者としての好奇心が燃え上がるのを感じた。

「カグラは、五元交配法による超早熟種の開発を進めているうちに、偶然生まれました。どのトマトよりも早く熟す品種を作ろうとしたら、皮肉なことに、まったく熟さない鬼っ子のようなカグラが生まれた、という次第です」

太一郎は、苦笑しながら言った。

「それでその木が……」私は箱の中のトマト株を一瞥《いちべつ》して言った。「冬を越したカグラ株というわけですか？」

太一郎はうなずいた。

「どういうわけか、カグラの木は、このサイズにまでしか育たなかったのです」

あまり知られていないが、通常のトマトの木は、二年目まで育つと、ゆうに二十メートルを超える。だが箱の中のカグラの木は、せいぜい一メートルから一・五メートルほどの大きさに見えた。

「それで、その話を、なぜ私に？」

実のところ、カグラというトマトに、私は強く興味をそそられていた。こんなトマトは、いや、こんな植物はこれまでに見たことも聞いたこともなかった。

「単刀直入に言いましょう」太一郎が重々しい声を発した。「カグラの研究を安藤先生にお願いしたいのです」

なかば予想していたこととはいえ、私は思わず黙り込んだ。

私のまわりには、研究を手伝う助教も院生もいない。

しかも、すでに里中から頼まれた九州のトマト枯死被害の仕事を抱えている。

現実的に言って、とても引き受けられる状況ではなかった。

ファンファーレが来賓室のテレビモニターから轟《とどろ》き、いよいよＧＩレースが始まりそうだった。

私がしばらく頭を悩ませていると、宇野が戻ってきて、「どこまで話しましたか？」と上気した顔で太一郎に確認した。

「いまカグラの研究を、先生にお願いしていたところだ」

太一郎は、そう答えると、私のほうに身を乗り出して続けた。「もちろん我々の手でカグラの秘密を解明しようと、これまで総研で極秘に研究を続けてきました。ところが、ある事情により、これ以上総研では研究を続けられなくなってしまったのです」

「倉内が亡くなったからだ」

間を置かず、宇野が言葉をはさんだ。

私は虚をつかれて、思わず顔を上げた。

「カグラ研究の責任者は倉内だった」宇野は続けた。「倉内が自殺し、我々の研究も頓挫した」

私は、倉内との最後の会話を思い出した。

倉内は、私に何かを話したがっていた。

それは、研究上の相談だったのかもしれないし、あるいは私的な悩みだったのかもしれない。いずれにせよ、私の中には、あのとき倉内の思いをちゃんと受けとめていたら……という慙愧《ざんき》の思いがあった。

ひょっとしたら、カグラについての相談だったのかもしれない。

とはいえ、二つ返事で引き受けるわけにはいかない事情もある。

「最近農水省の仕事を引き受けたばかりなのだ。チームを持たない一匹狼《おおかみ》のおれには、人手が足りない」

「こっちからアシスタントを送る」宇野が言った。「安藤も、つくばで見かけたはずだ。倉内の部下の久住真理。総研に入ってまだ数か月だが、倉内は全幅の信頼を置いていた」

倉内の事件のあった日に総研で見かけた、久住真理の整った横顔を思い出した。

「倉内が認めたなら、優秀な人材なんだろうが……」私は言いよどんだ。

「久住には、倉内がやり残した仕事を、どうにか自分の手で最後までやりとげたい、という強い思いがある。安藤と一緒に、倉内の弔い合戦をする決意はできているんだ」

「この仕事、どうか引き受けていただけませんか？」

太一郎の口調は柔らかだったが、私から否定の言葉が返ってくるはずがない、という余裕に満ちていた。クワバは、いや鍬刃太一郎は、山際研究室の最大の支援者なのだ。

ふと山際教授の、意地の悪そうな顔が脳裏に浮かんだ。私がこの仕事を拒んだら、教授は烈火のごとく怒るだろう。

外堀は埋められ、もはや私にはどこにも逃げ場がないように思えた。

本当に逃げ場がないのだろうか？

私は「少し頭を整理させてください」と二人に断ってから、目を閉じて考えた。

カグラの仕事を引き受けない理由ならば、いくらでも並べることはできるだろう。

だがカグラに対して湧き上がる好奇心、それを当の私自身、どうにも押さえることができなかった。

要するに、私は、誰が何と言おうと、この仕事がやりたくてやりたくてたまらなかったのだ。

「ぜひ私に、カグラの研究をやらせてください」

私がそう言うと、太一郎と宇野は、そろって安堵《あんど》の息をもらした。

「つくばに毎日通うのは、無理だろうな？」宇野が私に聞いた。

「これでも大学勤めの身だからな」

「それじゃあ、こいつはそちらに預けるしかないな」宇野はカグラの実と木の入った箱をポンと叩いた。

「このケースごと、安藤の研究室宛てに送っておくから、よろしく頼むよ。カグラの原木は帝都の試験圃場に移植してくれ。そのほうが安全だろう」

宇野が選んだ言葉に、少し違和感を覚えた。

「それと」宇野が土色の顔を引き締めて言った。「カグラの実は光合成を行なっているらしい。だから太陽光を長い時間遮断するのは厳禁だ」

私はまたしても驚きのあまり、うなり声をあげた。

普通の人には、どうでもいい知識だろうが、トマトの実は光合成を行なえる構造にできていない。

「カグラの実は、なんで光合成が行なえるんだ?」

「詳しいことは、久住に直接聞いてくれ」

カグラが自分の手を放れて気を緩めたのか、宇野が横着なことを言った。

私はなかばあきれながら、そうする、と宇野に応じた。

「ところで馬券はとれたのか?」私は何気なく宇野に聞いた。

「まあまあだ」宇野は曖昧な返事をした。

おそらく勝ってはいなかっただろう。

「それで、引き受けたんですか？」

里中が、あきれたような声を出した。

彼女は今、喪服を着て、私が運転するボルボの助手席にいる。後席には山際教授が座っていた。

倉内は、私同様、山際教授の教え子であり、里中にとっては研究室の数年先輩に当たる。三人で倉内の葬儀に参列するため、雨の中をつくばへと移動する途中だった。

里中からは、葬儀の日取りが決まったら教えてほしい、と言われていた。クワバもかつては農水省からの天下りを受け入れており、今でこそその習慣は無くなったものの、お互いの利益のため、良好な関係が続いていた。里中はその農水省側の窓口であり、クワバの会長以下の面々とも知り合いだった。

「倉内のやり残した仕事だ。おれがやらないで、誰がやるというんだ」

「先輩の仕事に口を挟む筋合いはないですけど」里中がすねたような声を出す。「九州の件も、おろそかにしないでくださいね」

「分析は進めている。心配するな」

里中には言わなかったが、モモちゃんの能力なら、ウイルスの単離はさほど困難ではない。

「里中君、きっちり心配したほうがいいぞ。こいつは色事《いろごと》以外、何ひとつ満足にできん男だからな」

山際教授が横槍《よこやり》を入れてきた。ミラー越しにのぞくと、山際教授は老眼鏡をかけて学会誌を読んでいた。よく車酔いしないものだ。

「しかと了解しております」そういった直後に、里中の声が暗い調子に変わった。「さらに被害が拡大しています。先週末はついに海を渡って、愛媛《えひめ》と山口《やまぐち》からトマト枯死の報告がありました」

「愛媛と山口だと？」山際教授が叫ぶように言った。「そんなことは断じてありえんぞ」

山際教授の言うとおりだった。

熊本で発症が確認されたのが三月の十日前後。それから二週間あまりで中国・四国にまで感染が拡大している。

植物ウイルスの感染拡大スピードにしては速すぎる。

「そうなんです」里中が、助手席でうなずく気配がした。「植物のウイルスの被害は、一般に最初の発生地点からゆっくりと同心円状に拡大します。植物は動物のように動き回らないし、咳《せき》もくしゃみもしない。だから空気感染はありません。山際先生にそう教わりました」

「そのとおりだ」山際教授は、愛娘をほめるような調子で続けた。「植物のウイルスを媒介するのは、移動距離の短い昆虫や小動物、あとは農機具か土ぐらいだ。感染ルートについては調査しているのだろうが、意外なものが媒介になっている可能性があるから、視野をちょっと広げたほうがいいぞ」

「それには気づきませんでした。先生、アドバイス、どうもありがとうございます」

里中が、さも感服したような口調で言った。

相変わらずのジジイ転がしぶりに、感服したのは私のほうだった。

高速をつくば中央インターでおり、茅葺《かやぶ》き屋根の農家と新建材によるモダンな住宅が混在する、いかにもつくばらしい風景の中をしばらく走った。やがて雨に煙る斎場の白い建物が、いやでも目に飛び込んできた。

車回しでいったん車を駐め、里中と山際教授をおろした。

出迎えた宇野が、二人に傘を差しかけながら言った。

「山際先生と里中女史にご参列いただけるとは、きっと倉内も喜んでいるでしょう」

雨だというのに、宇野が里中を見る目はまぶしそうだった。

黒いワンピースに身を包み、雨の中に凛《りん》と立つ里中の姿は、あたりにいた男たちの視線を釘づけにした。その様子を眺める山際教授の表情は、明らかに不愉快そうだった。

車を駐めてから、雨の中を小走りで斎場に戻ると、入口で宇野が私を待ち構えていた。

「悪いがちょっと控室まで来てくれ。警察が話を聞きたいそうだ」

「話すべきことは、もうないんだけどな」私は肩についた雨粒をハンカチで払いながら言った。

「確認したいことがあるとかで、うちの社員も何人か呼ばれているんだ。葬儀開始まではまだ時間があるから、先にすませておいたほうがいいだろう」

私は山際教授と里中に「警察が私に話があるそうです」と告げ、先に斎場に入り待ってくれるよう、うながした。

里中は「いいでしょう」と、女王のような振る舞いでそれを了承すると、山際教授にエスコートされ、葬儀会場に向かって歩き始めた。その後ろ姿を見送って私は斎場の二階へ続く階段を上った。

そこは待合室に使われる簡素な部屋で、先日と同じ、二人組の刑事が椅子に座って待っていた。村口と萩原だと、また名乗った。

いくつか確認したいという質問は、まったく新しみのない内容だった。倉内と最後に会ったのはいつか。どんなことを話したか。警察の無能さを疑いかけた時に、村口が今までと異なる質問をした。

「ところで、安藤さんと倉内さんは、お若い頃から親しかったそうですね」

「大学時代は同じ山際研究室で、机を並べていました」

「安藤さんの過去の記録を調べさせてもらいました」

いずれ調べるだろうとは思っていた。

「こう言ってはなんですが、安藤さんと昔と変わらぬお付き合いをしている人は、あまり多くはないようですね」

「まあ、そうかもしれません」

村口が、「平山事件」に言及しているのは明らかだった。あの事件のあと、多くの「友人」が私の元から離れて行った。事件のとき、大学に残って学究の道を選んだ私と違い、倉内はクワバに勤めていた。

「あの騒ぎが起きるまで、安藤さんと倉内さんは、大学と民間とに分かれたとはいえ、出世のスピードはほぼ同じでした。ところが安藤さんは、あれ以来、失礼ながら教授職が望みにくくなっている。一方、倉内さんは、そろそろ部長に就くとの噂もありました」

「それは知りませんでした」

倉内はそんなことを、おくびにも出さなかった。

「本当に知らなかったんですか？」若い萩原が食ってかかるように言った。「倉内さんの奥さんによれば、自宅に招かれるほどの仲だったらしいじゃないですか。それなのに倉内さんの出世には、いっさい関心がなかったと？」

「関心がなかったのは、私より、むしろ倉内のほうです」

「そういう人だから、先生との付き合いも続いたんでしょうな」村口は何か含むところのある言い方をした。

「安藤さんはいかがですか？」萩原が聞いた。「会うたびに出世していく倉内さんに、嫉妬を感じたことはありませんか？」

なるほど、そういう見方をする者もあるだろう。

「たとえ私が倉内の立場に嫉妬したとしても」私はちょっとむきになった。「私が彼の失敗を望むことはないでしょう。ますますの出世を願うのみです。優秀な刑事さんのことですから、クワバと山際研の関係は、もう調べてありますよね。倉内の死によって、その関係が危うくなっており、そうなれば帝都大における私の数少ない存在理由の一つがなくなります」

山際研は、クワバから毎年多額の研究寄付金を受けていたが、それは倉内が山際研出身だったからにほかならない。

「先生の冷静な口ぶりを聞いていると、まことにそのとおりだとは思いますが」村口が探るような視線を投げかける。「これも、私どもの性分だから、ごめんなさいよ。先生は複雑なかたですから、もしかしたら別の側面もあるのではと、疑ってしまうんですよ」

「どういうことでしょう?」

私は村口の言葉の意味を測りかね、素直に問い返した。

若いほうの萩原が、手元のファイルから数枚の紙を取り出した。見覚えのある古い週刊誌の記事のコピーだった。

思わずうめき声が口をついた。

「こちらの雑誌には、先生はあくなき欲望の持ち主である、とあります」

萩原が見出しの一つを指さした。

当時の報道のなかでも、最も下品な部類に属する記事だった。大学という特殊な場を舞台に、下劣な妄想をふくらませているだけの内容だ。

私をモデルにしたと思われる安夫《やすお》という帝都大の研究者が、研究者仲間をおとしめて、周囲の女性と手当たり次第に関係をもっていくさまが、小説仕立てで書かれていた。

あろうことか、萩原が記事の冒頭を読みはじめた。

「安夫と里美《さとみ》は、ホテルの部屋に入るなり、互いの唇をむさぼりあった……」

「そこに書かれていることは事実無根だ」私は怒りを抑え、震える声で言った。

「この里美という女性って……」しかし萩原は私の抗議を無視して続けた。「もしかしたら今日、一緒に来られたかたじゃないですか？　農水省のスーパー美人エリートとありますし……」

「いい加減にしてくれ」

私は低くうなるような声を出した。

気づかないうちに、血の気が引くほど拳を握りしめていた。

それ以上続いたら、相手が刑事だということを忘れて、正拳突きを見舞ってしまいそうだった。

「実際には、好意的な記事が多いんですけどね」眠そうな目をした村口が、私をいなすように、のんびりとした口調で言った。「まともな記事は、先生がアカデミズムの信頼性を守るために自らを犠牲にした、という見方をしています。植物性万能細胞ですか。その仕組みは私などにはわかりませんが、ガンも退治すると騒がれたことはよく覚えています」

私は黙っていた。

当時週刊誌がさかんに書きたてた、平山教授の研究していた植物性万能細胞とヒトのガンとの関連自体、扇情的なでたらめ以外の何物でもなかったからだ。

「あの頃、平山博士はノーベル賞確実と言われていましたね。ところが彼が論文に使用したデータのほとんどが捏造だった。植物の力で人間の病を治す細胞が作れるというのは、まやかしだったわけです。それを安藤さんが指摘したところ、なぜかマスコミは捏造した当事者ではなく、告発したほうを攻撃した。安藤さんは私生活についてまで、あることないこと書かれ、マスコミの好奇の対象になった……」

事実は少し違う。

私が告発したのは、平山教授ではなく、実験を捏造した実験助手だ。平山教授は「名義貸し」を責められこそすれ、データの捏造という観点では、むしろ最大の被害者だった。

平山教授は村口が言うように、当時の日本の植物学界のスーパースターだった。私は、そのスーパースターのもとに、山際教授の配慮で一時的に派遣されていた。一種の武者修行のようなものだった。

平山教授の実験助手に小津《おづ》という男がいた。小津は教授の歓心を買うために、「植物性万能細胞」の存在を裏づける実験データを、次々と捏造しては発表したのだ。難しい実験をあまりに手際よくこなす彼には、「オズの魔法使い」という異名まで与えられていた。

実際は実験は一つとして成功しておらず、発表された論文はすべて出鱈目《でたらめ》だった。

それを告発する役が、不運にも私に回ってきた。

始まりは、ハンドルネーム〝HUNDRED-ELF〟を名乗る人物からの、一本の私宛の電子メールだった。

〝HUNDRED-ELF〟は具体的な例を示して、小津の論文中の実験データが、きわめて怪しいものであると指摘していた。その指摘を無視することのできなかった私は、ひそかに内偵を進め、小津の提示するデータには何一つ実験的裏づけがないことを突き止めた。

私は平山教授にその事実を告げ、データに捏造があったことを発表するよう進言した。

平山教授は小津の論文すべてに、共同研究者として内容を裏書きする署名をしてしまっていた。これが「名義貸し」であり、この業界では珍しくもないことだ。繰り返すが、平山教授に罪があったとすれば、このことだけだ。

しかし平山教授は恐慌を来たし発表を躊躇《ちゅうちょ》した。そして私に告白の代行を依頼し、私は素直にそれを実行した。

私が犯した最大の罪は、そのとき、平山教授の真意を読み取れなかったことだ。あのような進退の処し方を選ぶとは、想像もしていなかった。

私が告発した直後、実験助手の小津は姿を消し、以後、今に至るまで杳《よう》として行方が知れない。

そして平山教授は……。

平山教授は過ちを悔い、論文捏造の責任をとって自ら命を絶った。

これが「平山事件」のすべてである。

心神耗弱状態にあった平山教授から頼まれ、論文捏造の発表を代行した私は、学界のすべての研究者、あらゆる日本のマスコミからの、激烈なバッシングを受ける結果になった。

世話になっている教授を売り、さらにはその恩師を死に追いやった卑劣漢とされた。諸悪の根源が、論文を捏造した張本人の小津ではなく、私にある。いつの間にか、そういうことになっていた。

「……先生、安藤先生」遠くから村口の呼ぶ声が聞こえた。

私は我に返った。

「顔色が真っ青ですよ、大丈夫ですか」

自分では気がつかなかったが、よほど物凄《ものすご》い顔つきをしていたようだ。村口の平たい顔が、恐怖を感じたように引きつっていた。

私は努めて笑顔をつくってから、村口に聞いた。

「あの夜、倉内が誰と会っていたのかわかりましたか?」

二人の刑事が顔を見合わせる。村口の目配せを合図に萩原が話し始めた。

「倉内さんが、研究室で誰かと会った痕跡はいっさい出ませんでした。防犯カメラにも、猫の子一匹映っていません」

「お気を悪くなさらないでいただきたいんですが……」村口が、咳払いをしてから続けた。「実を言いますと、倉内さんが誰かと会う予定だった、と証言しているのは、安藤さんだけなんです。奥さんも研究所の同僚のみなさんも、そんな話を故人から聞いてはいませんでしてね。そうなると我々としても、安藤さんの話が本当かどうか、疑ってみなければならん、ということになるんです」

村口は、さも申し訳なさそうに眉根を下げた。

ノックの音に続き、薄く開いたドアから宇野が顔を覗かせた。

「そろそろ葬儀が始まります」

それを機に刑事たちは、私を解放した。

「倉内の死因は、結局、何だったんですか？」

部屋を出る前に、村口にきいた。

「頸部《けいぶ》圧迫による窒息死」村口は、小さくため息をついた。「まだ結論は出ていませんが、今のところ事件性を示す証拠はありません」

しめやかに葬儀が執り行なわれている間、私の心はひどく虚《うつ》ろなままだった。

翌日朝早く、つくば中央署の村口から電話があり、倉内の死は正式に自殺として処理されることになった、と伝えられた。

「私にはまだ、ちょっと引っ掛かるところがあるんですが、動機のある者が見あたらない、死因にも事件性がないじゃあ、どうにもならんのです」

村口の声には、志半ばで捜査を打ち切られた無念の響きがあった。私は連絡をくれたことを感謝し、電話を切った。

無念の思いは、私も同じだった。

6

大学の入構証を渡すと、倉内の部下だったクワバの久住真理は、「学生に戻ったみたい」と笑った。

私は久住の顔をまじまじと見た。

以前どこかで会ったことがあるような気がしていたのだが、その理由がわかった。

久住はエゴン・シーレの印象的な絵に描かれた、アンバランスな中に不思議な均整を見せる顔だちの女にそっくりなのだ。『哀《かな》しみの女』、確かそんなタイトルだったような気がする。私は、当時付き合っていた女の子に、むりやり美術館に連れて行かれ、そこで目にした絵を思い出した。

「私の顔に、何かついてます?」久住が聞いた。

「ごめん、何もついてないよ。ちょっとぼんやりしてただけだ。あとで山際教授にも紹介する」

久住が研究室に出入りできるよう、事務的な労をとってくれたのは山際教授だ。教授にしては珍しく、嫌みの一つも言わずに、たんたんと手続きを進めてくれた。おそらくは会長の太一郎からの連絡が、教授にもいったのだろう。

倉内の研究を引き継ぐため、まずは久住からカグラに関するブリーフィングを受けた。

宇野から渡された青いトマトを研究室のテーブルの上に並べる。久住は私とテーブルを挟んで、立ったまま話し始めた。

「このカグラ果実は収穫して五か月になります。それ以前は、未熟な状態で五か月、木になっていましたが、そのままではラチが明かないので、十月に決断して未熟なまま採取することにしました。その後、長時間エチレンガスに曝《さら》して成熟を加速させようとしたのですが、やはりいっこうに変化は見られませんでした」

「カグラには、そもそも成熟する気がないらしいな」

私は比喩《ひゆ》的な言い方をした。

「えっ」久住は怪訝《けげん》な表情を浮かべ、生真面目に続けた。「カグラは、成熟のメカニズムが阻害されているんじゃないですか?」

「まあ、そうなんだけどな」

私はこめかみを指先でかいた。

久住には、右脳的なものの言い方は通じなさそうだった。

「カグラ果実内部では」久住はカグラの実を一つ手に取った。「本来徐々にリコピンにリプレイスされていくはずのクロロフィルが、なぜかずっと維持されています」

トマトの実は、成熟するにつれ、葉緑体のクロロフィルが赤い色素のリコピンに置き換えられていく。緑色の実が、徐々に赤くなっていくのは、このためだ。植物の種類によってはさらに別の色素を生成することもある。

にんじんの場合だと、リコピンからβカロテンの生成へと進む。

カグラの実は、いつまでたっても、クロロフィルがリコピンに置き換わらず、したがってずっと緑色のままだ。

「しかも」久住が続けた。「カグラの実は、どうやら光合成を行なっているようなのです」

その特徴は、宇野から競馬場で聞いていた。

植物が光合成をするには、一般に空気や水蒸気の通り道である気孔が必要とされる。

そこでカグラの実に気孔があるかどうかたずねると、久住は首を横に振った。

「カグラの実には、普通のトマト同様、気孔はありません。でも倉内さんと行なった実験では、カグラの実からブドウ糖とＡＴＰが検出され、光を遮ると、カグラの実は死んでしまうことがわかりました」

ブドウ糖を作り、遮光すると死ぬ。

なるほど確かに、カグラの実が光合成を行ない、それによって生きている、と推測するに足る事実だ。

「空気を遮断してみたか？」

私が聞くと、久住はうなずいた。

「空気を遮断しても、ブドウ糖やＡＴＰの生成量は下がりませんでした。何の問題もなく光合成を行なっていたと思われます」

私は研究室の天井を見上げた。

緑色植物が光合成を行なうには、水、二酸化炭素、それに光が必要だ。

一般にトマトの実には気孔がない。だから空気中から二酸化炭素を取り入れられず、充分な光合成が行なえない。

だが同じように気孔を持たないカグラの実が、外部からの二酸化炭素の供給なしで、光合成を行なっている、という。

いったいどうやって？

驚くべきことだった。まさに新種の生命体だ。

「当然、カグラの葉緑体を調べていると思うが……」私の声は興奮で震えていた。「どうだった？」

「カグラの葉緑体ＤＮＡのゲノム配列は、通常トマトの葉緑体ＤＮＡと、まったく同じでした」

「葉緑体のＤＮＡに、突然変異は、なしか……」

植物細胞は、細胞核ＤＮＡとは別に、葉緑体ＤＮＡを持っている。

葉緑体ＤＮＡは、太古の昔に植物細胞の内部に入り込み、植物細胞と「同棲《どうせい》」を始めた古代微生物の名残りだ、という学者もいる。

「ということは……」

私がそう言いかけると、久住が後を引き取った。

「細胞核ＤＮＡで、突然変異が起こっている、ということになりますよね」

久住が心もち斜視の入った目で、まっすぐにこちらを見つめた。そして、さも大事なことを告げるように、ゆっくりと続けた。

「カグラの細胞核ＤＮＡが、葉緑体の代謝を制御する特殊な酵素を作っている。倉内さんと私は、そういう仮説を組み上げました」

「特殊な酵素ね……」

生物の生命活動を支えているのは酵素である。

酵素は、「生体内触媒」として、生体内で絶え間なく繰り返されるさまざまな代謝を促進する。よく知られているのは、アミラーゼなどの消化酵素だ。

それらの酵素の九十九パーセントは、タンパク質を基に構成されている。

そして体内でのタンパク質の合成に決定的な役割を果たすのが、DNAなのだ。

私は、定例ミーティングのたびに、倉内と交わしたスリリングな会話を思い出していた。

宇野によれば、久住は薬学系の大学院を出て、二年ほど製薬会社で働いてから、クワバに転職したのだという。

それから倉内の助手をした数か月で、生物学の研究に必要な知識を実地で叩き込まれた。若い頭脳は倉内の教えを、面白いように吸収したことだろう。

久住真理を、一から育て上げるという悦《よろこ》び。

その愉悦にふけった倉内に対して、抑えようのない嫉妬心が、むくむくと頭をもたげた。

私は内心の動揺を気取られないよう注意しながら、久住に聞いた。

「カグラの細胞核DNAの分析《アッセイ》のほうは、どのくらい進んでいたんだ?」

「細胞核DNAの、DNAチップ作成を外部発注して……」

久住の言葉が不意に途切れた。

顔を上げると、それまで知的な輝きを放っていた久住の瞳に、涙がたまっていた。

「そこまでやったところで、倉内さんが亡くなりました……」

しばらく二人とも無言のまま、ただ久住の鼻をすり上げる音だけが、小さく響いた。

「もう泣くんじゃない」私は声を強めて久住に言った。

「おれたち二人で気持ちを一つにして、一刻も早く倉内が残した仕事を完成させるんだ。それが倉内に対する、一番の供養だろ?」

久住は、右手の人差し指で軽く涙をぬぐうと、ほほ笑みながらうなずいた。

続いて私がスチール棚から、四冊のノートを取り出すと、久住がぎょっとしたように目を見開いた。

「どうかした?」

私が聞くと、久住は小さく首を振った。

その四冊のノートは、倉内が実験ログを書きためていたもので、カグラの実と相前後して、クワバ総研から送られてきた。

「実は、倉内の実験ログを読んでいて、わからないところが何か所かあった」

私はあるページを開いた。

「例えばここだ」

そこには、倉内の哲学めいたメモが記されていた。

私はそのページを示して、久住に聞いた。「どういう意味か、わかるかい？」

「わかりません」久住は唇を噛《か》んだ。

「じゃあ、こっちは？」

私は自分で付箋《ふせん》をつけておいた、ノートの別のページを開いた。書かれているのは、おそらくニーチェの言葉だった。

久住は黙って頭を左右に振った。

私が別のノートを手に取ると、久住が申し訳なさそうに言った。

「倉内さんには、思いついたことを、思いついたままメモする悪い癖があって」

「あとから読む者には、何の意味だか、さっぱりわからないんだな？」私は上目づかいに久住を見た。

「そうなんです」

久住が弾《はじ》かれたように言った。

「変わってないな」私は苦笑いした。

「倉内は山際教授から、実験ログの付け方がなっていないと、しょっちゅう怒られていた。周りはハラハラして見てるんだが、当の倉内は馬耳東風で、まるで気にする様子がなかった」

「私も山際教授と一緒です。いつも同じ苦情を倉内さんに言ってるんです」

二人とも、まるでまだ倉内が生きているかのように話をしていた。

「ニーチェか……」私は倉内のノートを閉じた。「まあいい、そのうちわかるだろう」

「やっぱり」

久住がおかしそうに言った。

「何がやっぱりなんだ？」

「倉内さんがよく言ってたんです。安藤先生ほど楽観的な人はいないって」

「ほんとかよ」私は苦笑いした。「その言葉、そっくりそのままあいつに返すよ」

確かに倉内は楽観的な男だった。

その楽観的な倉内が、自ら命を絶つものだろうか？

私は倉内の死に、まだ釈然としないものを感じていた。

「……先生、安藤先生」久住が、何度か私の名を呼んで、もの思いから引き戻した。

「今のうちに、カグラの細胞培養をしておきたいんですが」

私は久住に、地下のラボの場所や使用上の規定などを教えた。

「実験室のカードキーが必要なときは、おれに言ってくれ」

カードキーを久住に手渡した。

「ありがとうございます」久住は、ほっとした表情を見せた。

「さっそく、移動するか」

私は倉内のノートを手に立ち上がった。

「あの……」

久住が何か言いかけて、そこで言葉に詰まった。

振り返ると、久住は、テーブルの端を手が白くなるほど握ったまま、立ちつくしていた。

「どうかしたのか？」

異変を感じて、私は久住に聞いた。

「これ、言おうか言うまいか、ずっと迷ってたんですが」

久住がこちらから目を逸《そ》らしながら言った。「そのノートなんですけど……」

「これか？」

私は、棚に戻しかけていた倉内のノートを、二、三度振った。

「そのなかに破れているページ、ありませんでしたか」

「そういえば」私はノートの一冊を引き抜いて、再びテーブルの上に開いた。「四冊目の最後のページが破れていた」

私は破れているページを開き、その破れ目を指で示した。「ほら、ここだ」

久住は慌てて椅子に座り直すと、大きなバッグからコピー用紙の束を取り出した。

「私……、倉内さんが亡くなったあと、すぐにノートのコピーを取ったんです。研究継続に役立つかと思って」

久住は、紙束の一番下から一枚引き抜いて、オリジナルのノートのページと見くらべた。

「破れているのは、ここです」

久住が興奮を抑えられない様子で、コピーした紙を私に示した。

そこには、１２１１という数字の殴り書きがあり、数字全体がぐりぐりと手書きの円で何度も囲まれていた。

「何だこれは？」

久住は悲しげに小さく首を振った。

またしても倉内の悪い癖だ。

ノートをめくると、破れた場所の直前には、通常のトマトの実の二酸化炭素吸収に関する実験データが並んでいた。

倉内は何か特徴的なデータに気づいて、それをメモしたのかもしれない。

突然ぞっとする事実に気がついて、私はノートを繰る手を止めた。

「君は……」私は久住の目を見て言った。「君は、どうして倉内のノートが破れていることを知っているんだ？」

久住がノートの完全なコピーをとってから、このページが破られたのは明らかだ。だとすると久住は、いつ、どのようにしてノートが破れていることを知ったのか？

「見たんです」久住はこくりと喉を鳴らした。「このノートが破られるところを、この目で」

意表をつかれた。

「誰かが、このページを破り取ったということか？」

「一ノ関さんです」久住はそう言って唇を噛んだ。「私、一ノ関さんが、このページを破るところを、この目で見ました」

倉内が死んだ日に見た、あたりを睥睨するように見回す、一ノ関の尊大な態度を思い出した。

一ノ関久作は、クワバ総研未来技術研究部の部長で、倉内の上司であり、久住の上司でもあった。倉内の四冊のノートも、一ノ関から送られて来たものだった。

久住の言うとおりだとすると、彼女がコピーを取ってから、私にノートを送るまでの間に、一ノ関がこのページだけ破り取ったことになる。

不可解な行動だ。

「このことをおれのほかに、誰かに話したかい？」

「今のところ、安藤先生以外には、話していません」

「今後も、誰にも話さないほうがいい」

久住はぶるっと体を震わせた。「一ノ関さんが、倉内さんを殺したんじゃないでしょうか？」

「めったなことを言うもんじゃない」私はできるだけ声に説得力をこめた。

「警察が、倉内は自殺だった、と公式に見解を出したんだ。倉内の死は、自殺以上でも以下でもない」

皮肉なことに、そう久住をたしなめた当の私が、警察の出した公式見解を疑っていた。

「倉内さんが残した1211という数字は、カグラの謎を解くための大きなカギだと思うんです。一ノ関さんは、それを安藤先生に知られたくなかったんだとしか、私には思えません」

久住は、何かにおびえてでもいるように、体に強く両腕を巻き付けた。

「一ノ関さんの件はもう忘れたほうがいい。目の前の課題に集中するんだ」

私が諭すと、久住は微妙な表情をしてうなずいた。

倉内が死ぬ直前に会った相手が、一ノ関だった可能性はあるだろうか？

一ノ関なら、研究所内のすべての防犯カメラの場所と、カメラに映らない死角を当然知りえるはずだ。

そしてまた一ノ関は、なぜ1211と書かれたページだけを破りとったのだろう？ そのようなことをするからには、少なくとも一ノ関には、倉内の残した謎の数字の意味がわかっていたにちがいない。

いずれにせよ、一ノ関の行動は、決して善意から発したものではなさそうだった。


「これが単離された、問題のウイルスだ」

私はウイルス画像を里中に示した。

クライオ電子顕微鏡三次元画像。最近ノーベル賞を取った技術だ。コンピュータ操作で画像を回転させ、ウイルス粒子《ビリオン》を立体的に認識できる。

里中は頬杖をついて、食い入るように画面を見つめた。

ウイルスの基本構造は、粒子の中心にあるウイルス核酸、すなわちDNAまたはRNAと、それを取り囲むカプシドと呼ばれるタンパク質の殻からなる。

いわばカプシドは、大切なDNAやRNAを格納する、頑丈な容器《パッケージ》だ。

一般にウイルス核酸とカプシドをあわせたものをヌクレオカプシドと呼ぶ。

ウイルスの種類によっては、さらにエンベロープと呼ばれる膜状の構造で包まれる。

エンベロープは、ウイルスがとりつく宿主の細胞膜を切り開く、細胞内への侵入ツールである。

九州のトマトに大損害を与えているウイルスは、モモちゃんの分析の結果、エンベロープを有していた。

またそのヌクレオカプシドは、弾丸に似た特徴的な形をしている。

夕方早めに大学を出た私は、このとき農水省の庁舎にいた。

「ジャガイモ萎黄《いおう》ウイルスでしょうか」里中が言った。

「おそらく同種のウイルスだろう」

ジャガイモ萎黄病は、ジャガイモの葉を黄色に退色させ、株を矮小化させながら、時に枯死に追い込む病気である。

その病原体がジャガイモ萎黄ウイルスであり、媒介するのは主としてアブラムシだ。

略称は、ＰＹＤＶ。ジャガイモ萎黄ウイルスの英名、ｐｏｔａｔｏ ｙｅｌｌｏｗ ｄｗａｒｆ ｖｉｒｕｓの頭文字をとったものだ。

ＰＹＤＶには、ナスやタロイモ、イネに感染する変異体が見つかっているが、トマトに感染する亜種はまだ発見されていなかった。

クライオ立体画像が回転するたびに、画面上で光が乱反射し、身を乗り出している里中の頬骨に、幻想的な陰影を作った。

「ウイルスの被害地域が、関西にまで拡大しました」

里中は、モニター画面から目を逸らさず、淡々と言った。

「昨日、中国・四国に上陸した、と言ったばかりじゃなかったか？」

私は驚いて聞き返した。

「このウイルスに聞いてください」里中は、ＰＣ画面のウイルス画像を指差して言った。

私は思わず顔をしかめた。

「勘のいいジャーナリストは、そろそろ大規模な病害に気づき始めています。農水省の広報室にも、ときおり問い合わせが……」

「まずいな」

「ですから、急いでください」


「先生にミスのご報告があります」

翌朝、私がラボに到着すると、久住がそわそわした様子で待ち構えていた。

タイトだが短すぎないレースのスカートに、ベージュのサマーセーター。ファッションにうとい私にも、趣味のよい服装に思えた。

「いったいどうした？」

久住は申し訳なさそうに下を向いた。

「コンタミを起こしてしまいました」

培養中の細胞をウイルスや微生物に感染させて駄目にしてしまうことを雑菌混入《コンタミネーション》、略してコンタミという。コンタミは初心者が起こしがちなミスである。

「細胞培養の途中経過を確認するためにインキュベータからシャーレを取り出してみて、はじめてわかりました」

久住によれば、シャーレの大半が赤変し、すっかり乾燥しているという。

私にはすぐにピンときた。コンタミを起こしたのは、九州のトマト赤変枯死ウイルスだろう。

初めての仕事を初歩的なミスで台無しにしてしまい、久住はすっかりしょげかえっていた。

「コンタミしたのは、きっとおれが直前まで培養していたウイルスだ」

「私の隔離が甘かったのです……」久住が唇を嚙んだ。

「培養の指示をしたのはおれだ。だからおれにも責任がある。気にしなくていいよ。ただ、あのウイルスに感染したとすれば、取り扱い要注意だ」

九州のトマト赤変枯死ウイルスは、リスク不明の未知のウイルスだ。久住に処理させるのは危険だった。

私は久住と二人で地下のラボにおりた。

久住は、カグラと実験用トマト、それぞれの果実、根、葉、茎の、合計八種類の培養シャーレをインキュベータで回していた。

私は、クリーンベンチにすべてのシャーレを取り出した。

カグラの根、葉、茎のシャーレ以外、全滅だった。培養細胞はいずれも赤変枯死していた。それらのシャーレがウイルスのコンタミを受けていることは、誰の目にも明らかだった。

私は密かな落胆を久住に隠し、大事を取って、カグラを含むすべてのシャーレの廃棄処理を始めようとして、ふと手を止めた。

「どこか、おかしい」

私は、何か名状しがたい違和感を覚えた。

「何ですか、何かあるのなら、私にも教えてください」

全身実験着に身を包んだ久住が、マスク越しにくぐもった声で言った。

私はすべてのシャーレを並べて、もう一度見比べた。

実験用トマトのシャーレは、根、葉、茎すべて全滅しているのに、カグラの根、葉、茎は、例外的にまったくウイルスの影響を受けていない。

私はそう久住に説明した。

「感染したけれど、まだ発症していないだけじゃないですか？」

「だとすると、同時にコンタミを受けたカグラの実が、ウイルスにやられて赤変していることの説明がつかない」

カグラ果実が赤変？

それもまた、予想外の出来事だった。ウイルスには、カグラを成熟させる力が備わっていた。

頭の片隅で、何かを知らせるベルの音が鳴っていた。だがそのときの私には、まだその音の意味がわからなかった。

7

「やはりPYDVの亜種だったか」

私は、モモちゃんの自宅リビングで、ウイルスの分析結果の説明を受けていた。

「追加で頼んだ件はどうだった？」私は聞いた。「あの赤い病変物質の同定だ」

「化学式C40H56のカロテノイド」

私はカップを持つ手を止め、真っ直ぐモモちゃんの目を見た。

「トマト・リコピンよ」スモックを着たモモちゃんが続けて言った。「あんた、うすうす勘づいてたんじゃないの？」

嫌な予感が当たっただけだ。

「このウイルスは、トマトの葉や茎の葉緑体のクロロフィルをリコピンに変え、それで全身を満たしてしまうのよ」モモちゃんは熱弁をふるった。「そんなことされちゃ、植物のほうはたまったもんじゃない。だって、植物のエネルギーを作り出しているのは、葉っぱのクロロフィルでしょ？　そのクロロフィルが次々リコピンに置き換えられちゃったら、植物は生き続けるためのエネルギーをどこからも得られなくなるわ」

「このウイルスは、葉緑体をリコピンへと暴走させるのか……」

私はリビングの天井を仰いだ。

果実で起こればナチュラルなことが、葉や茎で起きると病気になる。九州のトマト枯死ウイルスの病変作用は、トマトの葉や茎を、果実のように成熟させることだった。

「それにしても仕事が早いな」私は、今さらのように、モモちゃんの実験スピードに舌を巻いた。

「あんた、誰に仕事頼んだと思ってんの？」モモちゃんは傲然と言い放った。「自分で言うのも何だけど、あたしは世界一のバイオハッカーよ。高校生まではただのハッカーだったけど……」

「ただのハッカー？」私は好奇心をそそられて聞いた。

「他人のコンピュータに侵入する、例のあれ。アメリカの国防総省のシステムハックは無理だけど、今でも多少のことならやれるわよ」

「で、今回のウイルス分析では、どういうハックをやったんだ？」

「たとえ相手があんたでも、そんなことぺらぺらしゃべっちゃったら、あたしはおまんまの食いあげよ」

　モモちゃんはあきれたように言った。

「君の持っている技術をいくつかオープンにすれば、それだけでノーベル賞も夢じゃないのにな」

　絶対ないと知りながら、私はそう言って、モモちゃんをからかった。

「ノーベル賞なんんか、クソ食らえよ」

　モモちゃんは気色ばんで、ちゃぶ台の上に身を乗り出した。

「いい？　学者連中ときたら、賞取りのために、平気で名前を借りたり、貸したりしてんのよ？　学界なんてもの、単なる俗物どうしの互助会よ」

「相変わらず、手厳しいな」私は苦笑した。

　確かに平山事件も、モモちゃんのいう「名義貸し」が原因だった。平山教授は中身も確認せずに、実験助手の小津の論文に共著者としての署名を繰り返した。

　実験助手は教授のお墨付きがもらえるし、教授は助手の手柄を自分のものにできるからだ。学界には、そのような共犯関係が蔓延《まんえん》している。

「でも賞をもらう研究者が、全員俗物ってわけじゃないだろう。

武田十介のような立派な研究者だっている。ノーベル賞に値することが、それほど悪いことか？」

「ああ、週刊誌に出てたわね、『ノーベル賞に最も近い日本人』の話が……」

もっと激烈な攻撃を予想していた私は、モモちゃんの微妙な反応に肩透かしを食らった気分だった。

その記事は私も興味深く読んだ。

内容は、以前エレベータで乗り合わせた都築准教授が、院生たちに説明したとおりだった。武田十介は、四十前の若さで帝都大学に分子細胞医科学研究所を設立し、遺伝子治療の世界では第一人者と目されていた。

武田はすでに二つの難病のメカニズムを解明し、それ以外にも、二、三の創薬がアメリカでフェイズ2まで進んでいる。

武田の最新の業績として取り上げられていたのは、厚労省、帝都大、帝都電子の三者が、官学民の総力を挙げて開発したという、DNAスーパーシーケンサーだった。秘密のベールに包まれたこのマシンは、すでに分細医研に納品され、テストラン待ちになっているという。

「あ、そうだ」モモちゃんがいきなり膝を叩いた。

「あたし、このウイルスに名前をつけようと思ってたんだ。スレッドウイルスっていうの、どうかしらね？」

モモちゃんは、名前の由来を私に説明してくれた。

病害の状況から、仮に「トマト萎赤化ウイルスＴｏｍａｔｏ ｒｅｄ ｄｗａｒｆ ｖｉｒｕｓ」と名づけた。その頭文字をつなげるとＴＲＤＶ。ＴＲＤは〝ｔｈｒｅａｄ〟と読むことができる。〝ｔｈｒｅａｄ〟は、日本語で「より糸」という意味だ。

「いいねえ」

私は、モモちゃんのネーミングセンスを誉めそやした。

本当は名前など何だって良かったのだが、その程度のことでモモちゃんが気分良く働いてくれるなら、それに越したことはなかった。

「それじゃあ、ネーミングのほうはこれで決まりね」

モモちゃんがほくほくした表情で言った。「またひとつ、あたしが名づけ親になったウイルスが増えたわ」

「それじゃあ、ウイルスの核酸分析、よろしく頼むよ」

「任せておいて」

モモちゃんはそう答えると、満足げに紅茶をすすった。

私はモモちゃんの自宅を出ると、すぐ里中に電話した。夕映えがあたりを支配しかかっていた。

　里中は三回のコール音ののち、電話に出た。

「スレッドウイルスの赤い色素の正体がわかった」

「スレッドウイルス?」

　里中が怪訝そうな声を出した。

「例のウイルスを、そう名づけたんだ」

　モモちゃんの名前は、おくびにも出さなかった。

　モモちゃんとは、農水省には教えない、という紳士協定を結んでいたからだ。それに、役所相手に二次請け契約を取り交わすのは、面倒くさいことこのうえない。

「名前など、お好きになさって結構です。で?」

「あの赤い色素の正体は、リコピンだったよ」

「リコピン?」里中の声の調子が変わった。「もともとトマトの実にある、あの赤い色素の?」

　私は肯定して続けた。

「スレッドウイルスは、葉や茎のクロロフィルをリコピンにリプレイスするんだ。いわば葉や茎を、果実のように熟させてしまう。葉緑体からクロロフィルが失われてしまったら、植物は光合成を行なえなくなる」

「それで枯死するわけですか……」

里中は、電話の向こうでしばらく黙り込んだ。

「どうしてPYDVの亜種が、そんな病変を起こすのですか?」

「それは核酸分析をしてみなくてはわからない」

「では引き続き分析を続けてください」

里中はそれだけ言うと、例によってそっけなく電話を切った。


翌朝、久住とともに早い時間から地下のラボに降り、今度こそ順調に細胞培養が進んでいることを確認した。

そのあと二人で研究室に戻り、リラックスして打ち合わせを始めた。

三日前のブリーフィングのあと、いろいろ考えた末、ある実験を思いついていた。

「この間の久住さんの仮説をかいつまんで整理すると……」私は説明し始めた。「カグラの細胞核DNAで突然変異が起き、ある酵素が作られている。その酵素が葉緑体のDNAに働きかけ、カグラ果実の成熟、すなわち、クロロフィルがリコピンに変わるのを阻止している。こういうことだったよな?」

久住は、賢そうに瞳を輝かせてうなずいた。

「問題の酵素を『仮想物質カグリオン』と呼ぼう。我々のミッションは、このカグリオンを見つけることだ」

「仮想物質カグリオン……」久住が噛みしめるようにつぶやいた。

「カグリオンを探し出すために、熟していない通常トマトと、カグラの代謝物質とを徹底比較しようと思う」

「でも、どうやるんですか?」

久住が不安そうな表情で言った。

若い久住にとって、ここからはまったくの未体験ゾーンだった。

私は紙に円を二つ描いてベン図を作り、それぞれの円にカグラ果実、通常トマトの未熟果と書いた。

「トマトの果実内には、およそ五千の代謝物質が存在している」

私は久住にベン図を示して説明した。

「こっちがカグラ、こっちが通常トマト。だが、カグラがいかに奇妙なトマトだとしても、しょせんはトマトだ。だからこれら二つのトマトの中にある物質はほとんど同じもので、この領域にある」

私はそう言って、ベン図の円の重なりの部分にペンで斜線を引いた。

「一方、我々が探している仮想物質カグリオンは、カグラにだけあって通常トマトには存在しない物質だ。だから……」

私は、ベン図の円のうち、カグラ側の三日月型の領域に斜線を引いた。

「仮想物質カグリオンは、この領域にあるはずなんだ」

「理論はわかります。けど、代謝物質が五千もあっては……」

久住は途方に暮れたように、力のない声を出した。

「ポリアクリルアミドゲル電気泳動をやってみようと思っている」

私の言葉を聞いて、久住の表情が曇った。

電気泳動実験に必要な遠心分離作業は、たいへん手間がかかるのだ。

「なんて顔をしてるんだ」私は苦笑した。「いいから、さっそく取りかかろう」

私は両手を強く打ち鳴らし、久住を鼓舞した。


月曜日の朝、いつもよりゆっくりめに大学に着くと、弥生《やよい》キャンパスは騒然とした雰囲気に包まれていた。走って来た二人の学生を呼びとめ、「何かあったのか」と尋ねた。

「試験圃場が荒らされたそうです」

チェックのシャツを着た若者が、懸命に息を整えながら言った。

「どういうことだ」私は驚いて問いただした。

「わかりません。僕らも今から確かめに行くところです」

そういうとチェックの若者は、「おい、急げ」ともう一人の若者をうながし、二人で圃場のある方角に飛んで行った。農学部は試験圃場を持っており、そこでは実験中の作物が栽培され、羊やヤギ、サラブレッドなどが飼育されている。

「大変だ」

思わずそうつぶやくと、私も圃場に向かって駆けだした。

圃場では大勢の教官や学生たちが周りを取り囲み、二人の制服警官が無線を使っていた。荒らされていたのは農作物の圃場で、家畜のいる牧場の方は無事のようだった。人垣をかき分けて前に出ると、作物が根こそぎ引き抜かれ、掘り返された跡が生々しかった。土の表面にはラッカースプレーでグラフィティアートのようなものがペイントされていた。圃場の向う側にも教官が何人か立ちつくしており、そこには白衣を着た顔面蒼白の江崎の姿もあった。

怒りでまなじりを吊り上げている江崎と目が合った。江崎は燃えるような眼つきで私をにらみつけてきた。江崎の周りには、「だれがやったんだよっ」と、声を荒らげる男子学生や泣きじゃくる女子学生の姿が見えた。

江崎のライフワークは、中国の華南やインドネシアなどの多雨地域における小麦の栽培可能性を探るというもので、十年以上に及ぶ試験圃場での実験栽培は、江崎の研究にとって生命線だったはずだ。

植物は一年に一度しか開花も結実もしない。必然的に植物の研究は多くの年月を要する。数年がかりで地道にやってきた研究が、心ない愚か者たちのせいで、たったの一日で水泡に帰してしまった。

研究棟の方には、貴重な機材や機密資料があるからセキュリティは万全だ。だが試験圃場には監視カメラもなく、侵入者にはさほど気を遣っていなかった。そのような事情を、圃場荒らしがあったその日に、私は初めて知った。

事件の現場を離れ、研究棟に向かっていると、ポケットの中でスマートフォンが震えた。宇野からだった。

「カグラは大丈夫か？」宇野がひどく切迫した口調で言った。

「落ち着け宇野、カグラがどうしたというのだ」

「なにを呑気《のんき》なことを言っているんだ」宇野が震える声で言った。「帝都の圃場が荒らされたと聞いた。状況を確認しに、今からそっちに行く」

宇野が、「原木を帝都の圃場に移植してくれ」と言っていたのを、思い出した。

「大丈夫だ」私は言下に答えた。「原木は無事だ」

「圃場が荒らされたんじゃないのか？」

「圃場は荒らされたが、カグラは無事だ。圃場まで行って、おれがこの目で確認してきたんだから間違いない」

「だったらいいんだが……」宇野の声にはどこか困惑しているような響きがあった。

耳に当てていたスマートフォンが震えた。

着信表示を見ると、里中からだった。

「急ぎのキャッチホンが入った。悪いがこれで切る。後でこっちから掛け直すから」

「おい、安藤」

私は何か言いかけていた宇野を無視し、里中からの電話に出た。

「そちらは大変みたいですね」

さして心配してもいないことが、里中の声の調子から聞き取れた。

「山際研の被害は？」

「うちは試験圃場を使っていないから大丈夫だ」

「昔からあそこは使っていませんもんね」里中が続けた。「ところで、こちらも大変なんです。ウイルス被害がまた拡大しました。今度は愛知《あいち》県豊橋《とよはし》市、同じく愛知県田《た》原《はら》市、それに岐阜《ぎふ》県高山《たかやま》市までです」

私は絶句した。

「被害が出ているのは今度も全部夏秋トマトです」

私は気を取り直して、里中に聞いた。

「ウイルスの感染ルートの特定は、今どうなってる？」

「やってはいるのですが、なにしろ技官の手が足りません」

「嫌な感じがする」私の声は震えていた。「感染ルートの特定を急いでくれ」

「わかってます」

私に急《せ》かされたことにむっとしたように、里中はいきなり電話を切った。


研究室に戻ってから、インターネットでニュースを確認した。

帝都大の文字はすぐには見つからなかった。

まず目に飛び込んで来たのは、ピノート社が日本で企業買収を検討中、というニュースだった。

ピノートは遺伝子組み換え大豆やトウモロコシから肥料、農薬まで、農業に関わることならなんでもやっている米国のバイオケミカル企業である。我々が訪ねた熊本のトマト農家も、ピノートの「モルタレン」という農薬を使っていた。

その記事には、にこやかに笑うピノート幹部のアレックス・エルフの写真とともに、「買取株価には、二十パーセントのプレミアを設定する予定だ」というコメントが出ていた。

アレックス・エルフ。

猛禽《もうきん》類を思わせる顔つきをした年齢不詳の白人。写真を見る限り三十代にしか見えない。だが彼は二十年前には、すでにピノートで相当高い地位にあった。どう考えても、実年齢が五十を超えていなければ、計算が合わない。

アレックス・エルフの役職は、いつも実態の不明な、得体の知れないものだった。現在の肩書きも、「極東エリア技術支援士官」という意味不明のものだった。企業買収まで差配しているのだから、相応の地位にあると見て間違いないが、役職名が「士官」とは、どういうことだろうか？

アレックス・エルフのピノートでの役割は、常に謎のベールに包まれていた。

私はかつて必要に迫られ、この人物のことを調べたことがある。平山事件で、私に捏造糾弾メールを送りつけてきた張本人が、アレックス・エルフなのではないかと疑ったからだ。

怪メールの主は、〝HUNDRED-ELF〟というハンドルネームを使っていた。

〝HUNDRED-ELF〟は、平山論文に収録されているデータは不自然で、データが改ざんされていることは明白だと糾弾した。私はその情報をもとに、平山教授には黙って実験データの確認に動き、その指摘がほぼ事実だったことを突き止めた。

結局、〝HUNDRED-ELF〟が、アレックス・エルフと同一人物だったのかどうかは、今もってわからない。

だが、その名を見るたびに、私は嫌な胸騒ぎがするのだ。

肝心の圃場荒らしの記事は、深い階層でようやく見つかった。

ネットニュースで「ＮＥＷ」と付されたその記事によると、荒らされた圃場からはタバコやシンナー、危険ドラッグ使用の痕跡が見つかったという。都内で頻発する不良高校生による性質の悪いいたずらの一つだと警察は考えているようだった。目と鼻の先で起こった事件の顚末《てんまつ》をネットで知る。それはなんとも不思議な体験だった。

ニュースを読んでいると、研究室の扉が大きな音をたてて開き、久住が実験着のまま飛び込んで来た。

「カグラの原木は無事ですか！」

久住が大きな声を出した。

私は落ち着くように久住に言い、「カグラの原木なら、無事だから安心しろ」と諭した。

「無事と聞いて安心しました」胸を撫《な》で下ろした様子の久住は、さらに続けた。「ポリアクリルアミド電気泳動の結果が出ました」

久住は泳動結果のデジタル写真を、タブレットを使って私に示した。

「カグラ固有の特色が見られる部分にマーカーをしてあります。全部で六十一か所でした」

一般のトマトにはない、カグラにのみ認められる特殊な物質が、六十一種類見つかった、ということだ。それらのカグラに固有の物質は、寒天状の基材の上に、分子量別にバーコードのような縞模様《しま》を作って残っているはずだ。

「結構絞れたな。指示どおり、実験に使ったゲル板は残してあるな？」

「もちろんです」

「ではそのゲル板を使って、仮想物質カグリオンを探すことにしよう」

「ゲル板を使って、と言われましても」久住が小さく息をはいた。「まだＰＣへのデータ取り込みがすんでいません」

「データを取り込む必要はない」私は言った。「メスを使って、特殊な物質が現れた部分をゲル板から切り出すだけだから」

久住は口をぽかんと開けた。

「どうした？」

久住が我に返った。「実験後のゲル板から、カグラ固有の特色が生じている六十一か所を、メスですべて切り出せ、そうおっしゃってるんですか？」

「そうだよ、いまそう言っただろ」

「はあっ⁉」

久住が頓狂な声を出し、それから慌てて口を押えた。「すいません……」

「気にする必要はない」私はその様子に苦笑した。「ある程度、想定内の反応だ」

「私には無理です。そんな実験、今まで経験がありません」

ひどく根気のいる作業であることは確かで、久住がおじけづくのも無理はなかった。

「心配するな、この実験方法を思いついたのはずいぶん昔だが、実際にやるのは、おれだって今度が初めてなんだから」

「それって、全然安心材料になってないんですが」

「そうか?」私は笑った。「いいから騙《だま》されたと思って、一回おれを信じてみろ」

「でも何のためにそんな面倒臭……いえ、細かい作業をするんですか?」

久住が途方に暮れたように言った。

「切り出した後、その部分のゲルを試薬で溶解して、含まれているカグラの代謝物質を取り出して欲しいんだ。次に取り出した六十一の候補物質を水溶液にして、容器《バイアル》に取り込む。そこまで分析《アッセイ》を進めたら、おれに声をかけてくれ」

私は久住にそう言い、ポリアクリルアミドを溶解するのに使う薬品を取り扱うさいの注意点を教えた。


三日後の木曜日、デスクで雑務をこなしていると、幽霊のような生気のない様子で、久住が研究室に現れた。

「カグリオン候補六十一物質……。すべて取り出して水溶液にしました」

つだ。

「ずいぶん早いな」

私は背もたれに体重を預けて、目をすがめて久住の顔を見た。疑いの表情というやつだ。

「母校の後輩を駆りだして、アルバイトさせました」

「お、知恵を使ったな」

「あとは何をやればいいんですか？」

久住は心底おびえているような表情を見せた。「できれば六十一回の分析《アッセイ》を繰り返すのだけは勘弁してもらえませんか……」

「まあそこに座れよ」

久住は、私の隣の椅子に腰をおろした。

「ここからは、生き残りゲーム法を使う」

「それは、何でしょう……」

久住は不安げな表情で、細い首をかしげた。

「生き残りゲーム法も、おれが発明した分析法《アッセイ》だ」

「やっぱり」久住は落胆したように、小さくつぶやいた。

私は説明した。「最初にカグリオンの候補六十一物質を三十と三十一の山に分ける。で、まずは片方の三十の物質すべてを、熟した赤い通常トマトの培養細胞に投与する。

するとそのトマトは、カグラ化して緑色になるか、あるいは変化なしかのどちらかになるよな？　もし果実が緑色になったらその三十の中にカグリオンがある。なかったら残りの三十一物質の方にカグリオンがあるはずだ。それがわかったら、カグリオンがあると思われるグループを残す。次は残したグループを再び半々の十五と十五もしくは十六の物質に分けて、同じことをやる。これを延々と繰り返せば、カグリオンの候補物質はいずれ一つに絞られるというわけだ」

　久住は黙って聞いていた。

「さて、ここで問題だ」私は言った。「合計何回の分析《アッセイ》が必要になるだろうか？」

「六回」久住が即答した。

「正解。六回だ」私は言った。「この方法を使えば、たった六回の分析《アッセイ》で百パーセントカグリオンを特定することができる。いつ当りを引くかわからない分析《アッセイ》を六十一回繰り返す『サイコロ博打方式』より、こっちの方がずっといいとは思わないか？」

　私の考案した「生き残りゲーム法」の効用を理解したのか、久住の顔に生気が蘇《よみがえ》ってきた。

「サイコロ博打方式では、六回の実験でカグリオンが見つかる確率は、たったの十パーセントしかない。つまり、おれの生き残りゲーム法を使えば、従来のサイコロ博打方式の十倍の速さで結果に到達できるというわけだ」

「すごい……」久住が感嘆の声をあげた。

「正確には七回なんだけどな」私は笑いながら訂正した。「念のため、最初に六十一物質すべてを、熟したトマトの培養細胞に投与して、カグリオンの存在を確認する必要がある。それで果実のカグラ化が起きなければ」

「起きなければ……」久住が生唾を飲んだのがわかった。

「残念ながら、その六十一物質の中に、カグリオンはなかった、ということになる」

「それは……」

私は両腕を開いて、肩をすくめた。

「残念だがそのときは、一からやり直しだ」

私は夜八時過ぎに研究棟の外に出た。久住はまだ「生き残りゲーム法」の実験中だろう。

夜の弥生キャンパスには人気がなく、さながらゴーストタウンのようだった。四月だというのに冷たい風が吹いていた。私は肌寒さを感じて、ジャケットの襟を合わせた。

下を向いて足早にキャンパスを歩き、農学門を出て、地下鉄帝都大学前駅の方向に右折したところで、うしろからだれかに、「安藤さん？」と名前を呼ばれた。

振り向く間もなく、右の腰骨のあたりに針ででも刺されたような、チクリとした痛みを感じた。ほどなくして全身から力が抜け、視界が暗転した。

8

気づいたときには、どことも知れない真っ暗な場所に一人でいた。

私は椅子に座らされ、両腕と両足は椅子の肘掛と脚とにダクトテープでぐるぐる巻きに固定されていた。

真っ暗な中で微《かす》かに頬に風を感じた。私は風の方向に首を捩《ね》じった。窓にはガラスが入っていなかった。

私は暗がりに目を凝らした。

「回転木馬」「春の海」と書かれた書道の習作や、船や公園を描いた素朴な水彩画が壁一面を覆っていた。周りには子供用の勉強机とパイプ椅子が乱雑に散らばっている。黴《かび》臭い空気。風に乗って遠くから車のクラクションの音が聞こえてきた。街の喧噪《けんそう》と思しき低い音もかすかに聞こえる。

どうやら長らく使われないまま放置されている、小学校の教室のようだ。

横浜《よこはま》で教員をしている妹から、都市の中心部では児童数が減少して廃校になる小学校が増えている、と聞いたことがあった。妹がかつて勤務していた伊勢佐木《いせざき》町の小学校もそのような事情で廃校になっていた。

私が座らされていた椅子は木製でアームレストが付いていた。おそらく古い教員用の椅子だろう。

縛られていた腕と脚をほどこうともがいた。体を揺らすと椅子がぎしぎしと軋《きし》んだが、何重にも巻かれたダクトテープは強力でびくともしなかった。

廊下に人の気配がした。

やがてがらりと教室の扉が開いて、三人の人影が入ってきた。三人とも、頭からすっぽりと目出し帽を被っていた。体つきから見て三人とも男だろうと推測した。

「お、こいつ、気がついた」

中の一人、ずんぐりむっくりの男が言った。

別の男が懐中電灯を掲げながら私に近づき、身を屈《かが》めて私の顔を覗き込んだ。眩《まぶ》しさに私は思わず顔をしかめた。高級そうなオーデコロンの匂いがする男は、このような暴力沙汰には向かない、肉の薄い華奢《きやしや》な体つきをしていた。

「ようやく目が覚めたみたいだね」

コロンの男が私に語りかけてきた。

「ちょっと痛めつければすぐに吐く。早く片づけちまおう」

最初に言葉を発したずんぐりむっくりの男が言った。

「そう焦るなよ、ゴミ」

三人目の男だ。

三人目の男は、「ごみくず」のゴミのイントネーションでそう言った。

「ゴミじゃない、五味《ごみ》だ。何度言ったらわかるんだ」

ゴミ呼ばわりされた男は、気分を害したのか気色ばんで言った。

「悪かったな、ゴ・ミ。だけど五味とゴミの違いが、おれにはよくわからないんだよ」

三人目の男はそう言うと、かすれた甲高《かんだか》い声を上げてケタケタと笑った。この男は何かを空中に放り上げては、それを暗闇の中で受けとめていた。

暗闇に慣れてきた目をすがめて見ると、どうやら野球のボールのようだった。

「野球」は痩せて背が高く、手足が異様に長かった。そして長すぎる体を持て余してでもいるように、極端な猫背をしていた。

私は次第に自分の置かれている状況がわかってきた。三人の中では野球が一番の難敵だろう。私は野球の無機質な笑い声にぶるっと震えた。

「どこにある?」

コロンが唐突な質問を私に浴びせた。

「何がだ」

そう言った瞬間、びゅんという風切音がして右耳のうしろに強烈な痛みを感じた。

椅子に縛り付けられていたせいで、衝撃を逃がすことができずにまともにダメージを受けた。椅子が軋み、体が椅子ごと真横にスライドした。頭がくらくらした。次からは椅子ごと倒れることにしようと思った。

野球が、小さな声で「痛て」と呟き、左の拳を振った。

コロンは持っていた懐中電灯をゴミに手渡した。それから私を椅子ごと元の場所に戻し、そのまま照らし続けるようゴミに指示した。コロンがこのグループのリーダーのようだ。

「もう一度聞くよ」

コロンは正面から私の肩に両手を置いていかにも親しげな口調で言った。ほっそりとしたしなやかな白い指だった。

「悪いようにはしないからさ、白状しちゃいなよ。僕ちゃん、早くおうちに帰りたいんだよ」

「なにを白状しろというんだ」

私にはそう言うほかなかった。すると再びだれかの拳が飛んできた。なす術もなく左側の頬を拳で殴られ、驚くほど大きな音がした。だが前よりも痛くなかった。

「トボけてんじゃねえぞ、こら！」

そう言ってゴミは痛そうに右手を振った。

殴りつけられたショックから立ち直ると、肩から背中にかけての筋肉がキリキリと盛り上がり硬直するのを感じた。これはあまりよい兆候ではない。戦いに臨んでは飽くまでも肉体は軽く脱力していなければならない。筋肉が固く締まっていては、まともに動けやしないからだ。私はそれを道場での空手の修行で教わった。

「トマトの木だよ」コロンがはっきりと言った。「どこに植えたのさ、教えてよ」

私が黙っていると、野球が左のアッパーを見舞ってきた。括《くく》り付けられていた椅子ごとうしろに倒され、背中側から激しく床に叩きつけられた。背もたれの届かない後頭部をしたたかに床に打ち、危うく気を失いかけた。横向きの不自然な角度でぼんやりと野球を見上げた。野球には格闘技の覚えがあるようだった。

「週末は試合があるから右手は使えないんだ。おれ、ピッチャーやるんだ」

野球は機械のように乾いた声でそう言うと、もともと猫背なのを更に一層丸めて、びゅーんびゅーんと自分で声を出しながらシャドーピッチングをした。

トマトの木。

帝都大学圃場侵入事件。

大学の圃場に侵入したのは、まちがいなくこの男たちだ。

「トマトの木ぐらい、そのへんの田舎にいけば、いくらでもあるだろう」私は床に倒れたまま、痛みをこらえて言った。

さと吐きな」


「特別なトマトだよ」コロンの声が怒気を帯びた。「わかってるだろ。いいからさっさと吐きな」

コロンは倒れている私の腹を尖った革靴のつま先で蹴りつけた。一瞬呼吸ができなくなった。

「そんなものは、知らない」私はできるだけあっさりと聞こえるように言った。

「こいつ……。もっと痛めつけなきゃダメだ！」ゴミが叫んだ。

「知らないものは知らない」

倒れたままの私を放置し、少し離れたところで三人はひそひそと鳩首会談《きゅうしゅ》を始めた。その間に少しでも縛《いまし》めが緩みはしないかと、私は手足を動かしてみた。両方の前腕全体が、ダクトテープによってシャツの上から椅子のアームレストに縛りつけられていた。一見粗雑に見えてかなり強力だった。

直接は見えなかったが、おそらく足の方も膝から足首までの全体を、椅子の脚にダクトテープで固定されているに違いない。足首から先しか動かなかった。しかもまずいことに血流が滞って手足が痺《しび》れ、徐々に感覚が失われつつあった。

悪党チームの会議が終わり、再び私のいる方へと集まってきた。

「こいつ思ってたより面白いよ。なんていうか、やりがいがあるね」

野球はそう言いながら、私を縛り付けられていた椅子ごと元の位置に戻した。

どうやら私を痛めつけるというチーム方針に、揺らぎはなさそうだった。

それからしばらくは野球のワンマン・ショーだった。野球は右手にボールを握ったまま、攻撃はすべて左腕一本で行なった。

無抵抗の私からうめき声を絞り出すには、野球には左腕一本あればそれで十分だった。私は何度も椅子ごと飛ばされ、倒され、床に叩きつけられた後、再び元の場所に引きずり戻された。倒れるたびに古い木製の教員用椅子はぎしぎしと軋み、私の体はバラバラになりそうだった。

背もたれか脚を留める金具がはずれたらしく、床に金具が転がった音がした。最悪なことに、次に転がされたとき、ちょうど外れた金具の上に、私の二の腕が押し付けられた。皮膚をえぐられ、喉の奥から声にならない悲鳴がもれた。

ときおりコロンが「そろそろ気が変わったかな」としゃべりかけてきたが、私はその言葉を無視し続けた。ゴミは懐中電灯で私を照らしながら、「やれ、やっちまえ」とうれしそうに囃《はや》したて、倒れた私を引きずり戻す係りを嬉々としてやっていた。

野球が痛めつけ、ゴミが照らして戻し、コロンが説得する。先ほどの話し合いの成果か、三人の間には見事なチームワークが築かれていた。

胃のあたりに何度も野球のアッパーカットを食らい、食べたものを戻しそうになった。右瞼《まぶた》の上が深く切れて血が右目に流れ込んだ。私も椅子もよれよれになってきた。

「降参しよう」と幾度も思ったが、どういうわけか歯を食いしばって思いとどまった。

野球は左腕一本にもかかわらず、さまざまな攻撃のバリエーションを繰り出しては、時おり楽しげにケタケタと乾いた笑い声を上げた。

「安藤先生さ、いい加減シラを切るのはやめたらどうかな。だって痛いでしょ、辛いでしょ。我慢してたって、なんにもいいことなんかないと思うよ」

コロンはリンチの切れ目を見計らって、私に対する何度目かの説得を試みた。もちろん私はまた無視した。

野球は「ちょっと休憩」と言って、そばにあった子供用の勉強机の上にどさりと腰をおろした。そして隣の机に無造作にボールを置いて足を投げだし、リュックサックから取り出したペットボトルの水をごくごくと飲み始めた。ボールのそばに私のジャケットが置いてあった。

すきま風が傷ついた頬を撫でた。私は無性に水が飲みたかった。

野球と同じように勉強机に座って足をぶらぶらさせていたコロンが、「はあっ」と何かを諦めたような一際長いため息を吐いて、椅子からぽんと飛びおりた。

「仕方がないなあ、もうエンコ飛ばすしかないか」コロンが気の進まない様子で言った。「小指から一本一本詰めていくけど、結構痛いと思うよ。僕ちゃん、あんまりやりたくないんだよね、あれ。だって見てるこっちまでキツいんだもん」

私は返事をしなかった。

「そっか」コロンは絶望を漂わせた声でそう言うと、ゴミの方を向いた。「じゃあ、さっさと片付けたいから、左手から行ってみよう」

私は左利きだ。左手をやられては、研究者としても生活者としても、人生がひどく困難なものになってしまう。ゴミが「げへへへ」と下品な笑い声をたてながら、懐中電灯をコロンに渡し、懐から鈍く光るものを取り出すのが見えた。私はそろそろ潮時だろうと気持ちを固めた。

私は声を喉から振り絞った。

「わかった、おまえらが捜しているトマトの木のありかを教える。だからその前に水をくれ」

私の声はかすれ、そして震えていた。そう言ったあとに私が身を乗り出すと椅子が軋み声を上げた。

「ようやくわかってくれたか。僕ちゃん、とってもウレシイよ」コロンはほっとしたように言うと、野球の方を向いて言った。「先生に水を飲ませてやんな」

「ちょ、ちょっとなんだよそれ」手に刃物を用意してやる気満々だったゴミが、早口で言った。「エンコ飛ばしちまおうぜ」

野球はゴミの言葉を無視し、「良かったなあ、先生」と親しげに言うと、ペットボトルを手に踊りながら、上からじょぼじょぼと私の開いた口に水を注ぎ込んだ。そのほとんどはこぼれてしまったが、入ってきた水をごくごくと喉を鳴らして飲んだ。生き返るようだった。

「もっと、もっとくれ」私は野球にせがんだ。

野球は「しょうがないなあ」と言いながら、私の口に再び水を注いだ。あふれた水が顎を伝って胸へと流れた。

自信はなかったが、やるしかなかった。

私は「うっ」とうめき声を発して、苦しそうに野球に目配せをした。野球が「どうした」と言いながら、顔を近づけた瞬間、口に含んでいた水を野球の顔に一気に吹きかけた。

「うわっ」

意表をつかれた野球は、叫び声を上げてのけぞった。

「はっ、ざまあねえな」

私は野球を嘲笑《ちょうしょう》した。

「この野郎っ！」

野球はそう叫ぶと、渾身《こんしん》の力を込めて横殴りに殴りつけてきた。私は椅子ごと横に飛ばされ、床に叩きつけられた。

「こいつ、腹たつ。もっと痛めつけようぜ」ゴミがいきりたった。

野球は無言で私を元どおりに座らせると、再び大ぶりのパンチを左から右に目にも止まらぬ速さで飛ばしてきた。またもや私は椅子ごと飛ばされ、したたかに床に打ちつけられた。

もう少しだ。

「もうそのぐらいにしといたらどうだ」コロンが不安そうに言った。

このままだとカグラの原木のありかを聞き出す前に私を殺してしまう、と思ったのかもしれない。

だが野球はコロンの制止を聞かず、私を正面に据えるとアッパー気味のパンチを腹部目がけて見舞ってきた。私は腹筋に力を入れて耐えたが、後方に飛ばされた。背もたれから床に着地した瞬間、椅子が大きな音をたててバラバラに壊れた。

私はごろごろと教室の隅の暗がりへと転がり、教卓の陰に身を潜めた。古い木製の教員椅子は何度も床に叩きつけられるうちに、釘《くぎ》やかすがいがすっかり緩んでいたのだ。

教卓の陰から様子をうかがうと、一味はただ呆然と立ちつくしていた。

「野郎、どこへいきやがった！」

真っ先に我に返ったコロンが懐中電灯を振り回した。ゴミは「この野郎、出てきやがれ！」と叫ぶ。野球は声をたてず、背中を丸めた前傾姿勢を取っていた。

私は教卓のうしろの暗がりで自分の状態を確認した。両腕と両足に、壊れて外れた椅子の肘掛と脚がダクトテープで固定されたまま残っていた。

まるでロボットだ。

私は心の中で独り言を言い、苦笑した。

その場で両腕と両脚を上下左右に動かし、十分に動けると判断した。パンツのポケットを探ると、右ポケットには鍵束が、尻ポケットには財布と運転免許証の入ったパスケースがそのまま残っていた。私が逃げ出すことは想定外だったようで、重要なものは取られていなかった。ただ脱がされた上着の内ポケットにスマートフォンが入っていた。スマートフォンは是非とも取り返しておきたかった。

私は自分の得点と失点を冷静に計算した。

さんざん殴られた上、まぶたが切れて血が流れ込んでくるため、私の右目は視界がまるで利かなかった。

失点1。

1対3で数的不利、しかも向こうには野球というサイコパスじみた格闘家が一名含まれていた。

失点2。

私の空手の腕前は初段だ。実力的には最大限贔屓目《ひいき》に見積もっても、全流派合わせて日本で千五百番手ぐらいだろう。つまりそう強くはない。野球と戦うにははなはだ心許《こころもと》なかったが、野球以外の二人ならば敵ではない。ゴミは刃物を持っていたが、持っているのがゴミである限り勝機は私にあった。

さんざん殴られたせいで顔にはもはや感覚がなかった。腹部に受けた度重なるボディブローのせいでスタミナもかなり削られていた。

なぜか病的なおかしさが湧き上がってきた。おそらくアドレナリンのせいだろう。ここで笑ってはいけない。私は吹き上がる笑いを奥歯で必死に噛み殺した。とにかくなんとしてでもここを脱出することだ。

身を潜めていた教卓のちょうど反対側に教室の扉があった。

暗闇の教室では、血に飢えた三人の男が「この野郎、どこへ隠れた」「出てこい」などと口ぐちに叫びながら、相変わらず私の姿を探して右往左往していた。

一本しかない懐中電灯の明かりが、教室の壁のあちこちを飛び回った。20世紀フォックスのオープニング。彼らの目が暗がりに慣れる前に行動を起こすべきだった。そのためにもまず懐中電灯を使用不能にする必要があった。

野球に見つからないよう注意しながら、懐中電灯の光を目印にじりじりとポジションを変えた。私はぼんやりしているコロンの左に回り込んで、コロンが左手に持っていた懐中電灯に蹴りを入れ、すぐに飛び退《の》いた。

コロンは「きゃあっ」と、女のような叫び声を上げた。

懐中電灯は上方に飛んで天井に当たり、がしゃりと音をたてて床に落ちた。灯りがそのまま消えた。

彼らの目を潰してやった。一方私はすっかり暗がりに目が慣れていた。

「この野郎！」

ゴミの怒声が響いた。

これで得点1。

私はそばにあった子供用の勉強机を遮蔽《しゃへい》物とすべく飛び込んだ。

何かが顔に触れたので、声を上げそうになった。布地だ。場所を正確に覚えていたわけではないが、幸運が手伝って、ジャケットが置かれた机のそばにたどりつけたのだ。

そっと服を引き寄せる。肘掛の残骸が腕についたままなので、ジャケットを着ることはできない。

指先はかじかんだようにしびれていた。内ポケットからスマートフォンを取り出すのに失敗し床に落とした。

左目の隅で何かがキラリと煌《きら》めくのが見えた。反射的に頭をかばって左腕をかざした。ザクッという音がした。腕の肘掛がプロテクターの役割を果たし、ゴミの繰り出した刃物から私を守ってくれた。

ゴミは「くそっ」と言いながら肘掛に刺さった刃物を力づくで抜こうとしたが、すぐに諦めた。代わりに「この野郎っ！」と叫びながら素手で私に殴りかかってきた。私は反時計回りでゴミのパンチをかわし、そのまま体を捻《ひね》ってゴミの顔の中心に左の裏拳を見舞った。

左手の甲に人間の鼻のつぶれる感触があった。ゴミは「うぐっ」とくぐもった声を上げて仰向けにひっくり返ると、それっきりうんともすんとも言わなくなった。気を失ったらしい。

私はスマートフォンを拾い上げると、尻ポケットに突っ込んだ。

低い体勢を維持したまま静かに長く息を吐き出す。

これで得点2、同点だ。

いつの間にか、まわりからオーデコロンの匂いが消えていた。今動いているのは野球ただ一人。だがこちらも野球に居場所を知られてしまった。

野球が私の前に、仁王立ちになった。

「あんた、なかなかやるじゃん。こうなったら右手を解禁するほかないな」

野球は右の拳を見ながら悲しげにつぶやいた。

野球の方もそろそろ暗がりに目が慣れてきたはずだ。一対一で果たして野球に勝てるだろうか？　右目が利かないことに気づかないままでいてくれ、と心から願った。

野球の仕掛けが始まった。野球は右のうしろ回し蹴りで頭を狙ってきた。私は頭を下げてかわそうとしたが、右目が利かないため死角からの攻撃への対処が一瞬遅れた。うなりを上げて飛んできた野球の右足が右耳をかすめた。それだけで私の体は弾き飛ばされ、床に叩きつけられた。倒れながら見上げると、野球は正拳突きの構えを取ったまま微動だにしなかった。

私は立ち上がると、視界が利く左へ左へとじりじりと円を描くように動いた。

野球は左に回り込もうとする私に対して、封印を解いた右腕を使って鋭い突きを繰り出してきた。私はかろうじてスウェイしてこれをかわした。

続いて野球は目にも止まらぬスピードで右の正拳突きを腹部に向けて放ってきた。私は反射的に右腕の払い防御で受けた。

「ぐわっ！」と、野球が押し殺したような呻《うめ》き声を上げ、ぶるぶる震えながら自分の右拳を左手で包んだ。

「もれの、もれの拳がっ！」野球が叫び声を上げた。

またもや腕に残った肘掛のおかげだった。教科書どおりの単なる払い防御が、武器を使った攻撃にも等しいダメージを野球に与えたようだ。

「これじゃ今週はもうピッチャーができない……」

野球は泣きそうな声で言い、教室の床にひざまずいた。

その隙に、私は教室の入り口へと走った。虚をつかれた野球は、自分も駆け出そうとする。しかしちょうど起き上がりかけていたゴミがその邪魔になった。

「どけっ、このクソゴミっ」

背後から野球の怒号が聞こえた。

教室の外に出ると、私は廊下を死にもの狂いで走った。

山と積まれた段ボール箱にぶつかり、もんどりうって床に投げ出された。暗がりに目を凝らすと、さまざまな備品が放置されたままになっていた。私は闇雲に走るのは危険だと気がついて、いったん近くの別の教室に滑り込んで息を殺した。

すぐそばの廊下に轟音《ごうおん》のような足音が近づき、通りすぎた。すさまじい殺気。私を探す野球の気配なのは間違いない。

息を静かに吐いた。

校庭に面した窓からは月明かりがうっすら差し込んでいた。かすかな風が頰を撫でた。よく見ると窓が少し開いている。

野球の気配を逃さぬよう、全身の感覚を研ぎ澄ましたまま、そろそろと窓際に移動した。

五十センチほど窓が開いている。その下の床には、毛布らしきものが敷かれていた。廃墟《はいきょ》好きの不良少年かホームレスが出入りに活用していると推測した。

顔を上げて窓の外を見る。学校の教室の窓は一階といえども、それなりの高さになる。だが、ちょうど足場となるようにビールケースが置かれていた。

この僥倖《ぎょうこう》を利用しない手はない。

月明かりに身をさらす恐ろしさはあった。しかし、この場にとどまっても、いずれ野球に見つかるだけと判断した。

机を踏み台代わりに利用して、窓枠に足をかけた。外にゆっくり降りようとしても、体重を支える力が腕に残っていないのは明らかだった。

ままよ、とビールケースの上に飛び降りた。破裂音に近い音が、校庭に響きわたった。むろん野球たちの耳にも届いただろう。

だがすぐには走り出せない。飛び降りたときの衝撃で、体のあちこちが悲鳴を上げていた。

体力がつきかけている。ここまで来て、なぜだか「もういいか」と諦めに近い感情にとらわれはじめている。

その状態の私に再び活力を与えたのは、野球の声だった。

「ここか！」

と怒声が響いた。窓が開いている教室を見つけたようだ。

恐怖心にとらわれた私は、弾かれたように立ち上がった。

もはや月明かりを気にする余裕すらない。茫漠《ぼうばく》たる校庭に自分の影をさらしたまま、校門に向かって猛然と走った。後ろで野球たちが何か言っている気がしたが、よく聞こえなかった。

こめかみの脈拍、耳の風切り音が、やけに大きく感じる。この二つの音に包まれたような感覚に陥る。校庭を踏み鳴らしながら、遠い惑星をさまよっている気分になる。

校門を出たあとも息が続かなくなるまで走り続けた。


いくつかの角を曲がり、通行人の何人かとぶつかりそうになったところで、追っ手が近づいて来ないことに気づいた。

手ごろな雑居ビルの陰に身を隠し、椅子の脚と肘掛を体からはずす。ダクトテープを剝《は》がしたときの痛みで声が出そうになったが、こらえた。木切れには、血が付いている。ゴミと化した木切れを、心の中で住人に詫びながら植え込みに押し込んだ。

ビルの外壁に住居表示があった。意外にも文京区内で、大学に近い。地下鉄かＪＲの最寄り駅を頭に浮かべながら、家に向かうべく足を動かしかけて……、あやうく転びそうになった。

その一歩が踏み出せなかった。体力を使い果たしてしまったらしく、骨と筋肉が脳の命令をかたくなに拒否する。とりあえずの安心感を得たら、火事場のなんとやらがついに発揮できなくなった。

その場にとどまり、持ち物を再点検する。

財布とパスケース、そしてスマートフォンを取り返せたのは幸いだった。液晶にひびが入ったが、操作に支障はないようだ。時刻はまもなく深夜十二時をまわろうとしていた。

続いて体の具合を自己診断する。

夢中で走っている間は感じなかった痛みが、今では体じゅうを覆い始めていた。脈を打つたびに、全身に疼痛《とうつう》が走った。咳き込んだ拍子に、胸がきしむように痛んだ。肋骨《ろっこつ》の二、三本は折れているだろう。しかし背中、腰、足など、重要な場所の骨折はなさそうだった。

これなら疲れがとれれば、歩いて帰れる、と、この時は思った。

スマートフォンの画面に指をすべらせて、タクシー会社の番号を呼び出そうとした。指の動きがおぼつかず、画面を上手にスクロールできない。

焦ることはない。ゆっくりと確実に操作すればいいのだ。

次の瞬間、スマートフォンが手からすべり落ちた。

ちきしょう、と、自分をののしった。こんなにも握力が落ちていたのか。スマートフォンを拾い上げるためにしゃがみ込んだら、もう立つ気力がわかなくなった。

歩けるはず、という判断は甘かったのか。疲労が限界を超えていた。ビルの壁にもたれながら、目を閉じた。すぐに体が闇のなかを落ちる感覚が襲ってくる。それほどに体が眠りを欲していた。

意識を失う前に安全な場所に移動しなければ……。

両手でスマートフォンをもった。

何も考えずに、履歴の上のほうにあった名前を押した。

「もしもし」

二度目の呼び出し音で、相手が出た。

「先輩ですよね」やや緊張した声の持ち主は、里中だった。「酔っぱらって電話されるのって、サイアクなんですけど」

「違う……」自分でも驚くほど弱々しい声しか出ない。「酔ってはいない」

里中は、私の声に含まれる真剣な響きに気がついたようだ。

「どうしました?」心配そうな口調に変わった。「緊急を要する事態ですか?」

「ある意味そうだ……」私の危機は、私の関わっているあらゆるプロジェクトの危機と言っていいだろう。「だから、助けに来てくれ」

「え?」

私は里中に、ビルに表示されていた住所を告げた。

「そんな、一方的に言われても……」

里中の声が急速に遠のいた。最後の力をふりしぼってしまったらしい。私はスマートフォンを落とし、その場に崩れ落ちた。

目を開けると、里中の顔がすぐ近くにあった。表情が不安でこわばっていた。

「先輩、聞こえますか?」

「ああ……」

かすれた声で返事するので精一杯だった。あとから聞いたところ、私が目を覚ますまで、里中は五分くらい呼びかけていたという。

「立てますか?」

「無理でしょう」

私より先に見知らぬ男が返事した。その男が私の両脇に手を入れて、いとも簡単に立ち上がらせた。

「ありがとう」大学相撲部の主将がつとまりそうな男を見た。「あなたは?」

「運転手です」

そう自己紹介した男は、私をかつぐようにしてタクシーまで運び、里中が開けているドアの中へ押し込んだ。高級車を改造した個人タクシーで、乗り心地がすこぶるよかった。

「よくこんな車を拾えたな」

「道楽でタクシー運転手をしている人で、呼べばいつでも来るんです」

たいした顔の広さだ。

運転手がルームミラー越しに私に会釈した。車が静かに走りだし、周囲のビルが後ろに流れて行った。

「時間がかかってすみません。番地がよく聞き取れなくて」

「こちらこそ、申し訳なかった」

額が柔らかいもので覆われた。里中が手を置いたのだ。

「熱がありますね」

「そっちの手が冷たいんじゃないか」

「ゴーダさん、まず清澄《きよすみ》に寄ってください」

「了解しました」

「高峰《たかみね》さんなら、この時間でも診てくれるでしょう」

里中の言葉は、ほとんど呪文のようにしか聞こえなかった。しかし病院に寄るつもりなのはわかった。

「いや、いい」私は動かせる範囲で首を振った。「このまま、おれの家まで送り届けてくれ」

「研究が滞って困るのは、こちらですので」

里中は、つとめて事務的に話した。

住宅街の個人病院の前で車が止まった。ゴーダと呼ばれた運転手に、また抱えられるようにして、診察室へ運ばれた。

白髪の老医が仁王立ちで待っていた。

「どれほどの重傷患者かと思ったら、この程度か」

ひどく乱暴なことを言ってから、レントゲン写真を何枚か撮り、診察した。

ブドウ糖も注射された。

疲れ果てて硬直していた全身の筋肉が、歓喜の声をあげながら、ほぐれていった。

「CTスキャンも血液検査もできないが、見たところ肋骨以外は折れてなさそうだ。発熱は骨折と打ち身によるものだろう。強めの解熱剤を出しておくから、一週間くらい安静。それで治らなかったら、大きな病院に行け」

「はい」

「足の爪の下に血が溜まっているな。爪《つめ》を剝げば治りが早いが、やってくか？　麻酔はかけない」

　丁重に断った。

　病院を出る時、老医が里中に「今度こそ美食倶楽部《くらぶ》に出席してくれよ」と言った。里中は「またお誘いくださいい」と朗らかに答えた。

　里中の頼みにすぐに応える信奉者はどれほどいるのだろう。彼女が呼びかければ、革命くらい起こせるのかもしれない。

　ブドウ糖のおかげで自力で歩けるくらいには回復したが、それでも入口の段差でよろけた。里中が後ろからハグするように私の体を支えた。

「大きな借りができたな」私はつぶやいた。

「いえ」里中の唇が私の背中で動いた。「熊本に行っていただいたお礼です」

　老医が咳払いして、「その男は、支えなくても立てるだろう」と言った。


　里中は、私のマンションまで送ってくれた。

　相撲部のような運転手は、私をリビングのソファに慎重に寝かせると、「お大事に」と言い残して帰った。

　年代物のくたびれたソファだが、それでも私の体を柔らかく受け止めた。せっかくならベッドまで運んでもらえばよかった。眠気が津波のように襲ってきて、二度と立ち上がりたくなかった。

　里中が、寝室から毛布を見つけだして、私にかけた。ソファが地上の楽園に変わった。

「男所帯にしては、意外と片づいてますね」

　一人掛けの椅子に座って、里中が言った。

「散らかすほどの生活もしてないからな」

「明日までは、ここにいます」

　里中が小さなパソコンを取り出して、おもむろに作業を始めた。

「いや、帰っていい」

「じゃあ、ひと仕事終えたら、帰ります」

　里中の指先がパソコンのキーをリズミカルに打つ音を聞きながら、私は寝入りかけた。

　だが不意に何者かに胸ぐらをつかまれるような感覚に襲われ、目が覚めた。やらなければならないことを思い出した。

「どうしました?」

　里中が目を丸くしている。

「たいへんなことを忘れていた」

久住の名刺を財布から取り出し、手書きで書き込まれていた携帯の番号を確認する。時計を見ると午前二時をとうに過ぎていたが、かまわず久住に電話した。呼び出し音が何度も続いてから、留守番電話の案内に切り替わった。

祈るような気持ちでもう一度、かけ直す。今度はすぐに出た。

しかし警戒心も露《あら》わな様子で、久住は名乗らなかった。

「おれだ、安藤だ」

「安藤先生？」久住は警戒心を緩めた様子もなく言った。「こんな時間に、何のご用ですか」

「まだ大学か？」

電話の向こうから、かすかにジャズのトランペットが聞こえてきた。

「いえ。だいぶ前に部屋に戻りました」

久住は、管理人付きのウィークリーマンションに仮住まいをしているはずだった。

ベッドに座り直すと肋骨のあたりがひどく痛んで、電話口で思わず低くうめいた。

里中はキーボードを打つ手を休めて、こちらの様子を見守っている。

「どうかしましたか？」

久住は、ようやく私の異変に気がついたようだ。質問には答えず、私は話を続けた。

「よく聞いてくれ。今日はもう絶対に部屋を出ないように。だれかが訪ねて来ても、決して部屋のドアを開けてはいけない。たとえ、その男がマンションの管理人を名乗ったとしてもだ」

「怖いことを言わないでください」久住の声は、震えていた。

「信じられないと思うが、今日の帰りがけ、大学を出たところで、おれはおかしな連中に拉致《らち》された」

「え。……何をされたんですって?」

「拉致。誘拐されたんだ。犯人は、カグラの原木をよこせとおれをおどした」

電話の向こうで、久住が息を飲むのがわかった。

「やつらがカグラを狙う理由は、おれにもわからない。わかるのは暴力に訴えてでも、カグラの原木を手に入れようとしたということだ」

「暴力って……。先生、怪我をさせられたんですか?」

「たいしたことはない」肋骨の骨折など、スポーツ選手には日常茶飯事だ。「大丈夫だから心配しないで。ただ、おれは逃げられたが、次はきみが襲われるかもしれない。部屋のドアを絶対開けるなというのは、そういうわけなんだ」

「今からそちらにうかがいます」決然とした口調で、久住が言った。

「いや、来なくていい」思った以上に強い口調になった。「危険だから、その部屋を動かない方がいい」

「いつまで」

久住は直感で何かを悟ったらしく、急に声を落とした。

「いつまで私は、ここにいればいいんですか?」

「おれがきみを迎えに行く。あとのことは、それからでいい」

「わかりました」久住の声がやや明るくなった。

「くれぐれも気をつけてくれ」

私は何度も念を押してから電話を切った。

里中は、黙ったまま私から視線を外さず、含むところありげに片方の眉を吊り上げた。

9

結局、私は久住を迎えに行けなかった。

それから二日二晩を、熱にうかされてすごしたからだ。

三日目の夕方になって、ようやく体を起こせるようになった。頭がすっきりするまで、しばらくベッドの上に座り続けた。

ベッドサイドのテーブルに里中のメモが残っていた。冷蔵庫に食糧が入っている、と書いてあり、最後に、「あなたの可愛い久住さんは、無事保護」と記されていた。

後から聞いたところ、私は熱にうかされながら「久住を頼む」と里中に何度も懇願したらしい。

頭の芯が少しずつさめてきたので、トイレに入った。信じられないほどの量の尿が出た。尿が出るほどに体中の毒素が抜けていくような快感に見舞われた。

冷蔵庫には、里中がデパ地下で買ったらしい総菜が詰められていた。ラザーニャやキッシュを選び、電子レンジで温めて食べた。

それからシャワーを浴びて、スウェットの上下に着替えた。脱衣場の鏡に自分の体が映る。青黒い痣《あざ》だらけで、腐敗が始まっているかと思った。

人心地がついて、ようやく頭の回転が戻ってきたらしい。

ゆっくりとくつろいでいる場合ではないことを思い出した。

まず久住に電話したが、電波の届かない場所にいるか電源が入っていない、と機械が答えた。留守番電話にも切り替わらなかった。

続いて、留守番電話にメッセージを残していた、クワバの宇野に電話した。

「安藤」声がうわずっている。「おまえ今、どこにいるんだ?」

「自宅だ」

「電話を待っていたぞ。ちょっと待ってくれ、場所を変わる」電話の向こうで、居場所を移動し、ドアを閉める音が聞こえた。空いている会議室に入ったらしい。

「大丈夫なのか？」宇野が私に聞いた。

「まあまあだ」

肋骨が二本折れていた。

「何があったんだ？　久住に聞いてもまるで要領を得ない」

久住は現場にいなかった。私からの伝聞だけだから、要領を得ないのはもっともだ。

「久住さんは、今、どこに？」

「クワバの保養所の一つで保護している。一昨日、里中女史から連絡があった。彼女、久住の命が狙われているから保護しろ、とおれに命令するんだ。まいったよ」

宇野はそう言ったが、その声にはむしろ、トラブルを楽しんでいるような響きがあった。

「女史は、有無を言わせない口調で、これから久住をクワバの東京本社まで連れていくから、絶対安全な場所で保護しろ、と言った。真夜中だぞ？　それで仕方なく深夜に、本社ビルまでタクシーを飛ばした。本社の前でおれが待っていると、相撲取りのようなタクシードライバーが久住を連れてきた。久住の顔色は、真っ青だった。いったい何があったんだ？」

私は、あの日あった出来事を、かいつまんで宇野に説明した。

宇野はうなるような声を出した。

「おまえを拉致したやつは、どうしてカグラのことを知っているんだろう？」

「おれのほうが聞きたいよ」

なぜやつらはカグラの存在を知っているのか？

そして、何が目的でカグラを狙うのか？

「一度、会長と直接話がしたい」私は宇野に要求した。「時間を取ってくれ」

「会長は期初の挨拶回りの真っ最中だ。スケジュールにまったく空きがない」少し間があいた。「おれが代わりに聞こう」

「カグラの安全に関わることだ。そう会長に伝えてくれ。だいたい、なぜおまえが勝手に判断するんだ？」

この一件に関しては、私は宇野に妥協する気はなかった。

カグラの安全に関わると言われては、宇野も太一郎に取り次がざるをえまい。無視して太一郎へつながず、カグラに何かあったらすべての責任を、宇野が一身に背負うことになる。

そんなリスクは冒す度胸は、宇野にはないはずだ。

「わかった」宇野の声は、屈辱に震えていた。「どうにかスケジュールをこじ開けてみる。ところでカグラは今、どこにある？」

「安全なところに」

誰かがカグラの情報を外部に漏らしていた。

一ノ関久作かもしれないし、宇野和也かもしれないし、ひょっとすると久住真理かもしれない。

それが誰かがわからない以上、もはや誰も信じることはできなかった。

「今度の件で、おまえにもしものことがあった場合を考えた。圃場のどこに植えたのか、場所を教えてくれないと困る。たった一本の原木だぞ」

「だれも使っていない畑だ。会った時に話す」

「それでは、おれが困るんだ」

お前が困ったところで知ったことか。おれにもしものことがあった場合は、何もかも諦めるんだな。

喉元まで出かかったその台詞《せりふ》を、私は飲み込んだ。

トマト一本のために、どうして命まで懸《か》けなければならないのか？

だがおそらく命を懸けるだけの値打ちが、あのトマトにはある。だから連中は、必死になって、カグラのありかを探り出そうとしているのだ。

ここまで張った命だ。こうなったら、意地でもやつらには渡すまい。

私はそう覚悟を決めていた。

「実験を記録するノートには、ちゃんと記してある。部屋が盗聴されているかもしれないから、この電話では言えない」

「おびえすぎじゃないか」

「相手の行動力を考えると」不意に喉がからからになった。「いくら警戒しても、しすぎるということはない。だから久住さんにも伝えてくれ。事態が落ち着くまで、大学には来なくていい、と」

「彼女は、この仕事からしばらく離れてもらうことになった」

宇野の言葉に、私は絶句した。

「本人から、そう希望があったんだ。カグラの仕事から降りさせてほしい、と」

「不審者の侵入とか拉致とか、ありえないことが続いたからか？」

「まあ、そんなところじゃないか」宇野が曖昧に言った。

電話を切ると、リビングを横切り、外に通じる掃き出し窓へ向かった。

私は小さくとも庭が欲しかったため、マンション一階の小さな庭付きの部屋に住んでいる。庭といっても猫の額ほどの大きさだ。ガラス窓を開けて仄暗《ほのぐら》い庭を見わたした。

そこにはハーブのほか、キュウリやナスと並んで、トマトの木が一本植えられていた。そのトマトこそ、カグラの木だ。支柱に絡まるようにして伸びている姿は、天をめざして昇る竜のようだった。

深い考えがあって、庭に植えたわけではない。

帝都の試験圃場の管理者が、江崎万里だからだ。

江崎は私の天敵だ。その江崎と交渉するのは、どうにも気が進まなかった。ただそれだけの理由で、私は自宅の庭にカグラの原木を移植した。怪我の功名とはまさにこのことで、そのため原木は盗まれずにすんだ。

今は、もう少しこの事実を隠しておこうと思っている。目に見えぬ敵の狙いがカグラなら、圃場のどこかに植えてあると思わせておくほうが、都合がいい。

窓をしめると、肋骨の痛みを気にしながら、部屋でストレッチをした。

一時は警察に被害届を出そうかとも考えたが、やめにした。

トマトの木を狙う悪党に拉致され、暴行を受けました。

そんな話をしたところで、警察が私の話を真に受けるとは到底思えなかった。おおかた盛り場でケンカでもして、見ず知らずの相手にしてやられたのだろう。どうせそう思われるのが関の山だ。それに警察に時間をとられて、これ以上、研究を停滞させるわけにはいかない。

鍵の開く音がして、里中が自分の家に戻るような軽い感じで、部屋に入って来た。

「体、動きます?」

前屈している私を見て、彼女は言った。

「まだあちこちがこわばっている。筋肉が自分のものじゃないようだ」

命に関わる危険にさらされたとき、筋肉は人知を超えた収斂《しゅうれん》をし、普段以上の力を発揮する。その反動で、今は全身が凝り固まったようになっている。

不意に里中が後ろから覆いかぶさってきた。

「昔、先輩がぎっくり腰になったことがありましたよね」彼女が耳元でささやいた。

「あの時の治療法を試しましょうか」

「すばらしい考えだが」私は後ろ髪をひかれる思いで言った。「今の状態に適切とは思えないな」

「わかりました」里中は立ち上がった。「夕食の準備をします」

キッチンの物音を聞きながら、里中が言った「治療法」を思い返した。

二人がまだ若く、彼女が私の部屋に毎日のように来て、半同棲のような生活を送っていた頃のことだ。

当時は安物の椅子を使っていた私は、ふと立ち上がった瞬間に、ぎっくり腰になった。腰の痛みで下半身がほとんど動かせず、里中に支えられてベッドに寝転がるのだけで十分以上要した。

そんな状態にもかかわらず、私の性欲はやむことがなく、むしろ衝動を抑えられなかった。

里中の手をつかんで、体の上に抱き寄せた。「先輩、さすがにその腰じゃ無理でしょ」という彼女の声も、早くもあえぎがちになっていた。

里中も自分の体に多くの可能性があることに気づき始めており、やたらと敏感だった。そのまま二人は衣服をむしりあい、彼女が上になる形で一つになった。驚いたことに、彼女が動くほどに私の腰は軽くなり、痛みは感じなくなった。ついに体勢を入れ替えられるほどになった。彼女の体の中心に向かって、私の生命の一部をほとばしらせたときには、痛みがすっかり消えていた。

腰痛には精神的なストレスや痛みへのおびえが関係している、という説がある。ほんのわずかな違和感にもかかわらず、脳が過剰に反応して、痛みを感じてしまうというのだ。だから心のしこりのようなものを取り除くと腰痛は軽減すると主張し、治療に役だてている人がいる。もしかしたら私の脳が彼女の体に無我夢中になったことで、腰の痛みを忘れたのかもしれない。

物には頓着しない私も、それ以来、椅子だけはいいものを選ぶようにした。そのおかげで腰痛は再発せず、あの治療法を試す機会がないまま、二人は別れた。

そして今宵《こよい》。

結局、あの治療法を久しぶりに試すことになった。

成熟した里中の体は、若いときよりもはるかに魔力を発揮し、私の体に活力がみなぎった。

月曜日にクワバの本社を訪問した。

宇野は太一郎の挨拶回りを一件キャンセルさせ、私のために三十分だけ時間を作った。座り心地のいい会長室のソファに腰をおろし、私は太一郎と宇野の二人と対峙《たいじ》した。

太一郎はピンストライプの隠し柄の高級そうなスーツに、黄色いネクタイを締めていた。

宇野はグレーのパンツにベージュのジャケット、その下のYシャツの胸には、まるでお守りのように、この日もスティックシュガーが刺さっていた。

太一郎は、私の顔に残る青あざに驚いたようだが、簡単な見舞いの言葉を口にしただけで、細かいことは聞いてこなかった。

会長秘書が人数分の飲み物をおいて、部屋を出て行った。

一刻も無駄にしたくなかった私は、すぐに本題に入った。どこまで体力がもつのか、自分でも予測がつかなかった。

「あの日、競馬場で、カグラは倉内の極秘のミッションだった、と説明を受けました。そのような重大な任務を、どうして外部の私に託したのか？　今にして思えば奇妙な話で、私はもっとお二人のお話を、疑ってかかるべきでした」

あのとき私は、カグラを研究できることに有頂天になっていて、そんなところまで気が回っていなかった。

「どうして一ノ関さんに、カグラの研究を託さなかったのですか?」

私はいきなり核心に迫る質問を繰りだした。

一ノ関久作は、会長自らニューヨークに赴いてヘッドハントしてきた人材である。その一ノ関にカグラ研究を託さないのは、いかにも不自然だ。

「カグラ研究の背景を、すべてお聞かせください。必要な措置を、こちらでもとれるかもしれない。一ノ関さんにカグラを預けられない事情が、何かあるのですか?」

宇野は黙ったまま、太一郎の顔色をうかがった。

太一郎が、宇野に小さく目配せをした。

「おまえが指摘したように、確かに問題がある」宇野は苦い表情でぼそりとつぶやいた。「ワンツーワンワン」

私は弾かれたように宇野の顔を見た。

「1211」は、倉内ログの破られたページに書かれていた数字だ。

「これから話すことは、最高レベルの機密に属することだから、そのつもりで聞いてくれ。くれぐれも他言は無用だ」

私は、わかった、と即答した。

「非常に恥ずべきことだが、近年、我々は産業スパイの被害を受けている。総研に巣食う正体不明の産業スパイを、我々は便宜的に、１２１１、と呼んでいる」

予想外の答えに、私はうめいた。

「外部のおまえに研究を移管したのは、カグラを一時的に避難させるためだった」

倉内が残した謎の数字１２１１は、総研上層部が産業スパイを指す隠語だったのだ。つまり倉内は、産業スパイの存在を認識していたということだ。

「今まで隠していて、すまなかった」宇野が頭を下げた。

私が抱いていた謎の一部は解決した。

クワバの研究所は、一ノ関を始め、錚々《そうそう》たる陣容を誇る。本来ならば、私ごときにカグラの研究を移管する必然性はないのだ。

「弁明がゆるされるならば」太一郎が口をはさんだ。「倉内の研究を引き継げるのは安藤先生しかいない、と私が判断したのも事実です」

私は軽くうなずき、太一郎の言葉を受け入れたことを伝えた。

それにしてもクワバにとっては、驚くべきスキャンダルだ。

「その産業スパイですが」私はゆっくりと言った。「おそらくはカグラが帝都大の圃場に移植されていることを知っていた」

太一郎と宇野が息をのんで、私を見つめた。

「そのうえ、圃場でカグラが見つからないと、今度は私を拷問にかけ、正確な場所を吐かせようとしました」

実行犯の三人組がどこまで事情を知っていたかはわからない。しかし後ろで糸を引く者が、カグラにまつわる秘密を知りうる立場にある人物であるのは間違いないだろう。つまり産業スパイは、クワバ総研のかなり上層にいる。

「先生には、本当に申し訳ないことをしました」と太一郎があやまった。

たしかに私は肋骨を二本骨折した。だが拉致された時点では、私は産業スパイの存在を知らなかった。怪我を負った最も大きな理由は、私の負けず嫌いな性格にあった。

私は大きく息を吸い込んでから、おもむろに言った。

「お二人は、一ノ関久作が1211ではないかと、疑っているんじゃないですか？」

宇野の目が見開かれた。

太一郎は軽く咳払いをした。「なぜそう思われるのですか？」

「一ノ関さんにカグラの研究を任せない理由が、ほかには見当たらないからです」

倉内のノートの一件には触れなかった。

太一郎は何も言わず、こめかみを指で擦った。

「1211は一度だけミスを犯した」宇野が言った。「メールの消し忘れだ。ある総研所員が、自分のPCに『1211』というタイトルの、身に覚えのない送信メールが残っているのを見つけた。不審に思ったその所員は、清川所長に報告した。

その所員が、一ノ関の部下だったというわけだ。自分のPCからメールを送ると足がつくので、それで他人のPCを使ってメールしたのだろう」

「メールの内容は？」

「暗号めいた文が、ただ一行だけ。〝I got the parcel〟と」

「荷物は受け取った、という意味か」私はつぶやいた。

だがその程度のことで産業スパイがいると決めつけるのは、即断が過ぎるのではないか。

太一郎が、また一つ咳払いをした。

「数年前、我々はあるトマトの品種開発に成功しました」憂鬱そうな表情だった。

「市場で高い競争力のありそうな、大変よいトマトでした。ところが、いざそのトマトのゲノムを国際遺伝資源登録しようとしたところ、我々は却下を食らいました。理由を聞くと、すでに別の企業が遺伝資源登録をすませている、というのです。

驚きました。我々が開発したトマトは、両親とも我が社が保有する固定種トマトです。他社に開発できるわけがなかった」

「情報を盗まれたのだ」宇野が言った。

「すでに登録をすませていた、別の企業とはどこですか？」私は二人に聞いた。

「グラッドストーンという会社です」太一郎が苦虫を嚙み潰したような顔つきで言った。「ケイマン諸島に籍を置く会社で、おそらくどこかの有力企業の隠れ蓑《みの》なのでしょうが、我々にはそこから先は調べきれませんでした。グラッドストーンは、どんな大企業とも関連性が見いだせませんでした」

「我々は、グラッドストーンの知的財産権を取り消させようと考えた」

宇野が太一郎の後を引き取って続けた。

「問題のトマトは、クワバの固定種どうしを交配して作ったものだったから、親株の遺伝子と、盗まれたトマトの遺伝子を比較して、両者の親子関係を立証しようとしたのだ。

だが遺伝資源におけるこうした係争には、それを裁く国際法が存在しない。仮に科学的に親子関係を示せたとしても、法廷での証拠能力は微妙で、阻却される可能性が高い、そう弁護士から言われた。

つまり、証拠として採用されるかどうかすらわからない、ということだ。

グラッドストーン相手に訴訟を起こしたとしても、我々に勝てる見込みは薄く、訴訟にどれだけの金と時間がかかるか見当も付かなかった。知財弁護士から見込みがないから止めておけ、とやんわり諭されたよ。

結局、情報を盗まれないよう、自分たちで気をつけるしかない。あの事件以降、遺伝資源に近づくには、最上級レベルの情報アクセス権を必要とするよう、我々はシステムを変更した」

「グラッドストーンのこの一件については」太一郎が言った。「事実上、法的手段に訴える道はないと我々は判断しました。だから警察に届けるとか、国際法廷に提訴するといった行動に出て、事件を公にするつもりはありません。

だいいち産業スパイが暗躍していることが表沙汰になったら、クワバが被る社会的、経済的ダメージは計り知れません。我々にとって百害あって一利なしなんです」

「それにしても、凶悪な手段に訴えてまで、やつらがカグラの原木を欲しがる理由は、いったい何です？」

なるほど産業スパイなら、帝都の圃場に侵入してカグラの原木を奪うくらいはするかもしれない。だが私を拉致監禁し、暴行と脅迫を加えるまでエスカレートしたとなると、もっと邪悪な意思を感じる。

「それがわかれば苦労はないよ」宇野が力なく言った。

「こうなった以上、先生にカグラの研究を強要するつもりはありません。我々で引き取りましょう」太一郎は無念そうに言った。

私は大きく息を吸い込んだ。

「それは、できない相談です」

「どういうことですか？」太一郎は明らかに当惑していた。

「カグラの研究を、お返しするつもりは、私にはありません」

「それはまた、どうしてだ？」

宇野は逆に、興味をそそられたような顔つきをしていた。

「暴力に屈するのはどうにも我慢できない。やられっぱなしは性に合わないんだ」

「おまえは……」

宇野が苦笑した。「馬鹿じゃないか」という言葉を飲み込んだのは、容易に想像がついた。

「では、これまでどおりに研究を続けていただけるんですか？」太一郎が驚いたように言った。

「そのつもりです」

私がそう言うと、宇野はいよいよ苦笑いを隠そうともしなかった。

「ところで久住さんの復帰は、難しいんだろうか？」私は聞いた。

「あれには悪いことをしました。相当なショックを受けているようですから、しばらく休ませるつもりです」太一郎が苦しそうに言った。

ここに来ての久住の離脱は痛かった。

私だけでなく久住の身も危ない、という警告は大袈裟なものではなかった。だが、それが久住を心身ともに消耗させてしまったのかもしれない。

「久住さんの連絡先を教えてください。ある意味、カグラ研究の最前線にいたのは、私でも倉内でもなく久住さんでした。これから先、彼女に確かめたいことが出て来ると思います」

「会社のスマートフォンを持たせているから、その番号を教えるよ」

我々は、互いに周辺に十二分に気をつけることを約束しあって別れた。

八重洲《やえす》のクワバ本社を出たところで、モモちゃんから電話がかかってきた。

私は八重洲の地下駐車場から中古のボルボを出し、そのまま落合に向かった。

ハンドルを左に切るたびに折れた肋骨が悲鳴を上げ、運転中に何度か気を失いそうになった。まだ暴漢が狙っているかもしれないと考えて、車で移動することにしたのだが、それは間違った選択だったようだ。

「今日は、いつにも増していい男ね」

玄関を開けるなり、モモちゃんが私の顔を見てひやかした。「久し振りに空手の大会にでも出場したのかしら？」

「大会にはもう何年も出ていないよ」私は苦笑した。

それに空手の大会で、これほどの満身創痍《そうい》になることはない。

モモちゃんは、いつものように私を部屋に招き入れ、私にはコーヒー、自分用に紅茶を淹《い》れた。

「怪我のことは、どうあっても説明するつもりはないみたいね」

モモちゃんは肩をすくめた。「今に始まったことじゃないけど、あんた意固地にもほどがあるわ。今にきっとその意固地さのせいで、命を落とすことになるわよ」

私はそれには答えず、黙ってコーヒーをすすった。

モモちゃんの言葉はおそらく間違っていない。

誰に似たのか、その無駄に頑固な性格のため、学界を追われそうになったし、先日はいやというほど痛めつけられた。

「まあいいわ」モモちゃんは諦めたように笑った。

「こっちはいろいろわかってきたわよ。まずスレッドウイルスのサイズね。RNAをゲノム・シーケンサーにかけてみたら、1万1512bpだったわ」

ゲノムとは、生物やウイルスがもっている「遺伝情報の全体」を意味する言葉だ。DNAやRNAは具体的な物質だが、ゲノムというのは、遺伝情報という概念である。

「PYDVとしては、標準的なサイズだな」

「次にそのデータをデータベースに照会してみた。そしたらスレッドには未知のシークエンスが6381bp含まれていた」

「どういうことだ」私は疑問を呈した。「スレッドのゲノム構成が、もとのウイルスから半分近く差し替わっている、ということか？」

モモちゃんはうなずいて言った。

「その差し替わったシークエンス中に、未知の遺伝子がふたつ見つかったわ。ところが、もっと驚いたことがあるのよ。スレッドウイルスは、増殖に必要なポリメラーゼ遺伝子を持っていないの」

私は意表をつかれた。

ポリメラーゼという酵素がなければ、ウイルスは、DNAやRNAを複製することができない。

増殖できないウイルスなら恐くもなんともないが、スレッドウイルスは現に増殖力を備えている。

「スレッドは、どうやって増殖するんだ？」

私の質問に、モモちゃんは珍しく逡巡《しゅんじゅん》するような態度を見せた。

「どうしたんだ」

モモちゃんは、急に寒気でも覚えたように、体に両腕を巻きつけてぶるっと震えた。

それから、私の目を薄茶色の目で一直線に見ながら、こう言った。

「未知の遺伝子のうちの一つは、ｐｏｌ構造遺伝子だったのよ」

それが何なのか、にわかにはわからなかった。

「ｐｏｌ構造遺伝子は、エイズウイルスの一部で、逆転写酵素をコードしている遺伝子よ」

「エイズウイルスだって？」

自分でも驚くほど大きな声が出た。

「スレッドは、ヒトエイズウイルスと同じ逆転写酵素を備えているというのか？」

「そうよ」モモちゃんの声は、わずかに震えていた。「ポリメラーゼの代わりにね」

私は激しい衝撃を受けた。

確かにポリメラーゼを持たなければ、ウイルスは逆転写の働きによって増幅するほかない。この逆転写によって増幅するウイルスを、レトロウイルスと呼ぶ。

エイズウイルスは、レトロウイルスの代表例だ。

エイズウイルスは、逆転写と呼ばれる奇妙で悪魔的な働きによって、感染した人間のＤＮＡに自らの遺伝情報を書き込む。その結果エイズに冒された宿主のＤＮＡは、それと知らずにエイズウイルスを延々と作り続けることになるのだ。

書き換えられたＤＮＡは、間違った遺伝情報を抱えたまま何度も複製される。こうしてエイズウイルスは宿主の全身へと広がっていく。

つまりエイズとは、遺伝子レベルで人間に寄生するウイルスなのだ。恐ろしいのはエイズウイルスが精子や卵子などの配偶子に感染した場合だ。配偶子のＤＮＡが書き換えられると、世代を跨《また》いでエイズ禍が拡大していく。

スレッドウイルスがエイズと同じ逆転写酵素遺伝子を備えているのなら、それはすなわち、トマトなど宿主植物の遺伝子を、次々と書き換えながら増殖していくことを意味する。

私は今までに味わったことのない種類の恐怖を感じた。知らず知らずのうちに、モモちゃんのように体が震えだした。

「ありえないだろ」

そうつぶやくのが精一杯だった。

植物のウイルスには、これまでレトロウイルスは一種も見つかっていない。

「ありえないわよね」

モモちゃんは蒼《あお》ざめた表情のまま続けた。

「遺伝子操作を受けているのでなければ」

10

暗い気持ちでモモちゃんのラボを後にして、ボルボに乗り込んだ。

スレッドウイルスは遺伝子操作を受けている可能性があることを、すぐに里中に伝えなければならない。

電話しようとした矢先にスマートフォンの呼び出し音が鳴り、当の里中の名前が画面に浮かび上がった。

「今どちらですか」

里中の声には、ただならぬ緊張がみなぎっていた。

「研究室に戻るところだが」

「では私も、これから研究室にうかがいます」

「焦っているな。緊急の用件か」

「そう思っていただいて間違いはありません」

「実は、こっちにも話がある」

「では後ほど」

大学に戻ったときには、夜になっていた。

夜遅くまで実験をする学生たちが何組かいるのか、窓のいくつかには明かりがついていた。

私の研究室のある階は、教職員も学生もすでに全員帰ったらしく、真っ暗だった。

暗い廊下を歩いて研究室に入り、灯りをつけた。人がいないと、研究棟の無機質さが際立つ。待っていると、ほどなくしてエレベータが到着する音が廊下の奥に響き、ヒールの音が聞こえてきた。

「遅くなりました」里中はそう言いながら入ってきた。そして私の顔を見て続けた。「お加減は、たいぶいいようですね」

「おかげさまで」私はうなずいた。「折れた骨がつながりはしないが、打撲などは自分でも驚くほど治りがいい。ほんと感謝する」

私が頭を下げると、里中は顔を赤らめもせずに「それは、よかった」と言った。たとえ二人きりであっても、外では事務的な口調を通すつもりらしい。そのほうが私も話しやすかった。

「さて……。本題に入ろうか」

「はい」里中は誰もいない研究室のなかを見回した。「今、この近くに他の人は」

「慎重だな。うちの学部は怠け者が多いらしく、この時間まで雑用が残っているのはおれだけだ」

「あまり人に聞かれたくない話なので」里中はさらに声を低くした。「感染ルートが判明しました」

私は背もたれから起き上がり、テーブルに身を乗り出した。

「どういうルートだ?」

あたりが、耐えがたいほど静かだった。

「大変申し上げにくいのですが」里中が唇を舐《な》めた。「感染源はクワバの種子です」

予想外の言葉に、私の体は固まり、しばらくなんの反応も起こせなかった。

「被害農家はすべてクワバの夏秋トマト種子を使っていたんです。その種子からスレッドウイルスが検出されました」里中が続けた。「ウイルスが見つかったのは銀之助、フルジカ、ちいちゃん、イタリアンシャープなど、品種はさまざまですが、いずれもクワバ製の夏秋トマト種子でした。

先輩なら当然ご存じでしょうが、クワバはトマト種子の最大手で、その市場シェアは六十パーセントを超えています。これほどの大企業に関係することですから、農林水産省の技官も慎重になり、検定に時間をかけました。間違った判断を下すと、クワバだけでなく、六割の農家に影響を与えるわけですから。しかし残念ながら、結論は変わりませんでした」

「どれぐらいの確度なんだ？」

喉の奥からくぐもった声が出た。

「統計誤差は、プラスマイナス〇・五パーセント以下です」

農機具や昆虫が感染を媒介しているのではなかった。ウイルスはクワバの種子によって日本中にばらまかれたのだ。

夏秋トマトの播種の時期は、西から始まり、気温線に沿って次第に東上していく。それでウイルスの伝播が、西から東へ進んでいるように見えたのだ。

「すると、おまえは」私は頭に浮かんだ疑念を里中にぶつけずにはいられなかった。「だいぶ前からクワバの種子が第一容疑者だとわかっていながら、おれに隠していたのか？」

「俗に言う、とぼける、ってやつです」里中は悪びれる様子もなく言った。「先輩に話したところで、動揺を招くだけで、どうなるものでもないと判断しました」

私はまじまじと里中の顔を見た。彼女は口にこそしなかったが、当然クワバとの縁が深い私から情報が漏れることも警戒しただろう。

そんな女だとわかってはいたが、それにしても……。

「で、どうするつもりなんだ、農水省は？」

「農林水産省としては、この状態を放置することはできません」里中が言った。「明日にもクワバ製トマト種子を店頭から強制撤去し、その使用を全面禁止する措置を取ります」

「クワバにはもう伝えたのか？」

「緊急を要しますので」里中は左腕に巻いたカルティエの黒い文字盤を見た。「ちょうど今頃、省からクワバのしかるべき人間に連絡がいっているはずです。本当に残念です」

里中から説明を受けてもなお、私には信じられなかった。いや信じたくなかったと言ったほうがいいかもしれない。

呆然としている私に、里中がきいてきた。

「で、そちらの話というのは？」

私はためらった。

今、このタイミングで、クワバの種子とともに拡がったスレッドウイルスが、実は遺伝子操作を受けていると明かしたら、何が起きるのか？

それを想像して、私は震撼《しんかん》した。

「どうかしましたか？」

里中が眉を右側だけ上げて、重ねて聞いてきた。

「非常に重要なことを話す」私は覚悟を決めた。「だがこれはまだ、推測の段階だ。その前提で聞いてくれ」

里中が神妙な顔つきでうなずいた。私は生唾を飲み込んだ。

「スレッドウイルスは、遺伝子操作を受けている」

里中の目がみるみる細まった。

「今、なんて、おっしゃいました？」

「スレッドウイルスのRNAは、エイズウイルス同様の逆転写酵素産生遺伝子が人為的に組み込まれている」私は苦渋の思いで説明を続けた。「どういう意味を持つか、わかるな?」

「ある程度までは」里中は言った。「しかし専門家としてご説明願います」

「スレッドは、エイズウイルスのように逆転写酵素を使って宿主のDNAを書き換え、宿主のDNAになりすまして増殖する。簡単に言えば、スレッドは宿主のトマトのDNAを乗っ取って、増殖しているということだ」

里中は、一言も聞き漏らすまいとするように右耳をこちらに傾けていた。

「植物のウイルスには、空気感染するものは、現在までのところ、一つもなかった」

私は、それから話す内容に自ら身構えるように、椅子に深く座り直した。

「だがスレッドウイルスの登場により、その状況は一変する。スレッドウイルスは逆転写酵素を備えたレトロウイルスだ。スレッドは逆転写酵素を使って、やがては配偶子である卵子と花粉までもプロウイルスに変えるだろう」

プロウイルスとは、宿主の遺伝子が書き換えられて、別のウイルスのRNAを植え付けられた状態のことだ。植物の花粉や卵子がプロウイルス化すると、それらの病原遺伝子は、世代をまたいで遺伝することになる。

「プロウイルス化した花粉は、風に乗って何千キロも移動可能だ。つまりスレッドウイルスは、地球の歴史が始まって以来初めての、空気感染する植物ウイルスなのだ」

植物の歴史は、短く見積もっても十億年である。数十億年とする学者もいる。

空気感染する植物ウイルスは、少なくともこの十億年の間、ただの一つも存在しなかった。

「アウトブレイク……」里中がつぶやくように言った。

「そうだ。スレッドは、地球形成以来一度もなかった、植物ウイルスの爆発的流行を引き起こす可能性がある。それに」

恐怖のあまり、私は言葉につまった。「スレッドウイルスが連続的に抗原ドリフトを起こしたら、穀物をはじめとした地球上の全植物が絶滅しかねない」

「抗原ドリフト……」里中が思案深げに、首をかしげた。「つまりウイルスの突然変異のことですね」

私は深くうなずいた。

「PYDVには、もともと、ナス、タロイモ、イネなどに感染する亜種がある。スレッドウイルスは、そのPYDVをベースに遺伝子操作で作られたウイルスだ。だからスレッドは、容易に、ナス、タロイモ、イネなどに感染する抗原ドリフトを起こすだろう」

里中はしばらく考え込む様子を見せ、それから私にきいた。

「対応策は？」

「今考えているところだ。既存の方法でスレッドウイルスを食い止めることは、ほぼ不可能だ。いくら感染株を焼き払ったところで、無駄なんだ。花粉はどこまでも遠くへ飛ぶし、いったん書き換えられたＤＮＡは二度と元には戻らない。環境次第で、プロウイルス化した花粉は何年もその効力を失わないかもしれない」

「つまり感染したトマトが花粉をまきはじめたら――」

「その時点でアウトだな」口の中がからからだった。「花粉の飛散は、開花とともに始まると考えていい」

「開花まではあと……」

「ほぼ二週間」私は言った。「猶予《ゆうよ》はそれしかない」

里中は蒼白《そうはく》の表情で言った。「タイムリミットまで、たったの二週間ですか……」

私は絶望的な気分で、静かにうなずいた。

「遺伝子を操作したのは、クワバでしょうか？」

「馬鹿を言うな」私は反射的に否定した。「農業はクワバの寄ってたつところだぞ。こんな凶悪なウイルスをまき散らして、いったい何の得があるっていうんだ？　これは喩《たと》えて言えば、やみくもに無敵のモンスターを育てて、野に放つようなものだ。まったく常軌を逸していると言うほかない」

常軌を逸しているという表現は、誇張ではない。

こんなことをして、いったい何になるというのだろう。誰にとってもメリットがないのは明白だ。

だがスレッドウイルスが人為のものである以上、それを作り出した人間が、必ずどこかにいる。

「でも、そんな複雑な研究ができる組織、クワバ以外にそれほどあるとは思えません」

「欧米の先進国にはあるだろう」

里中の両眉がすうっと上がった。

「欧米の企業が、日本の農地を実験場にしたということですか？」

背筋に寒気が走るのを、私は感じた。

スレッドウイルスの脅威を過小評価したまま、ある欧米企業が日本の農業の破壊と支配を目指す。あながち、ないとばかりも言えない話だ。

私の頭のなかを「１２１１」という数字がぐるぐる回りはじめた。

「先輩？　大丈夫ですか」

里中の呼びかける声で我に返った。

「すまない。疲れが出たようだ」

「まだ完全に健康な体に戻ったわけではないんですから、無理しないほうがいいですよ。安藤先輩からのお話は以上でしょうか?」

「以上だ」

　里中は、じっと私の顔を見つめた。

「そうですか」小さくため息をついた。「先輩が、そうおっしゃるのなら、たとえまだ秘密があったとしても、今は、話してくれないでしょうね」

　私は返事をする代わりに、肩をすくめた。

「では」里中は荷物をまとめて帰る準備に入った。「遺伝子操作されたと推測するに至った経緯を早急にまとめて送ってください。精査いたします」

「発表するのか?」

「私の一存で決められることではないですが……、公表は対策をたててからになると思います。でないと、いたずらに社会不安をあおるだけですから」

　その時、私のなかで、あるアイデアがひらめいた。

「遺伝子指紋だ」

「え?」

「遺伝子指紋が、あるだろう。知ってるよな」

「すべての生物あるいはウイルス個体の核酸塩基配列には、ほかの個体と厳密に区別できる、その個体特有の配列がある。それを遺伝子指紋という」

里中が、すらすらと答えた。

「さすが優等生」私は言った。「その遺伝子指紋を使えば、スレッドウイルスの土台になったPYDVを見つけ出せるはずだ」

遺伝子操作ウイルスを無から作り出すのは、ゼロから人工生命を作るようなもので、現実には不可能である。だからどのような遺伝子操作ウイルスにも、必ずその土台となるウイルスが存在する。もしも土台になったウイルスが、どこかのデータベースに登録されていれば、犯人探しの大きな手がかりになるだろう。

「その程度のことなら」里中が切り返してきた。「先輩にも簡単にできるんじゃないですか」

「オープンになっていないプライベートなデータベースが、世界には山ほどある。農水省のコネクションを使って、そこを探って欲しい」

「違法なアクセスをせよと?」里中が眉根を寄せて聞き返した。

「こちらに命じる権限はないけどな」私は小さく笑った。「農水省ならそのぐらい朝飯前だということは知っている」

「この際、仕方ないですね」里中は自分を納得させるように、二、三度うなずいた。

「戻ったら、すぐにでも取りかかります」

仕事を残しているという里中は、暗いなか、役所に戻って行った。帰りしなに彼女は、こう言った。

「これからは多忙な毎日になります。個人的に先輩をサポートするのは難しくなりそうです」

「わかってる」

これが恋愛ドラマだったら、夜の帳《とばり》が落ちた学舎で二人は抱き合うのだろう。

しかし私たち二人は、恋愛感情を再び燃えたたせない道を、暗黙のうちに選んだ。

山際教授の警告にしたがったつもりはないが、焼けぼっくいに付きかかった火をすぐに消した。

それが最良の答えかどうかは、確信がもてなかった。


私はそのまま研究室に残り、久住が残していったカグラの実験記録を眺めた。

七回分析《アッセイ》を繰り返す生き残りゲームは、ほぼ終わっていた。

我々がカグリオンと名づけた物質の分子量が判明していた。

７４７５。

質量分析機にかけた結果だという。そして、その近くに「質量が小さい、これがタンパク質?」と、くせのないきれいな字で疑問が付されていた。

私は懐かしさがこみ上げると同時に、生き残りゲームの経過について知りたかったので、宇野に教わった番号に電話した。

電話をかけたのは三度目だったが、やはり久住は出なかった。

拉致監禁で私がのたうちまわった日を境に、久住からの強烈な拒絶の意志を感じる。

釈然としなかった。

あの乱暴な男たちとつながっているのは久住真理なのではないか。そんな考えが頭に浮かんだが、すぐにそれを頭からふり払った。

私は再び「分子量７４７５の物質」に思考を集中した。

久住が戸惑うのも、もっともだった。

分子量７４７５のタンパク質には、少し違和感がある。タンパク質は、通常、分子量一万以上の高分子化合物だからだ。分子量が小さいタンパク質が存在しないことはないが、きわめて特殊である。

私は、７４７５という数字をじっと見つめた。

頭の働きが俊敏で、かつ限定的に用いればよかった高校時代には、六ケタくらいまでの数字は即座に素因数分解していた。特に目的があったわけでないが、計算をして、その数字の特徴が見えてくるのが楽しかったのだ。

今はほかに手がかりもないので、ただぼうっと計算していた。７４７５の構成要素として、５、13、23という素数が見えてきた。

私は、電卓を取り出して叩いた。

７４７５÷23＝３２５。

「やっぱり、そうだったか」

誰もいない夜の研究室で、私はうめいた。

３２５という数字は、遺伝子の研究をしていると、しばしば目にする数字だ。ＤＮＡやＲＮＡを構成するヌクレオチドという物質の、平均分子量だからだ。

つまりカグリオンはヌクレオチドが23個つらなった物質だ。

「カグリオンの正体は、マイクロＲＮＡか……」

マイクロＲＮＡとは文字どおり非常に小さなＲＮＡであり、酵素のように働いて、遺伝子の発現を抑制する。最近わかった分子生物学の成果の一つだ。

私の顔に自然と笑みがこみ上げて来た。この結果は、直面する問題を解決へと導く、希望の光となる可能性を秘めていた。

次の段階に進むために必要なのは、カグラのＤＮＡの断片を基板上に配置した、一般に「ＤＮＡチップ」と呼ばれる分析ツールだった。

そのＤＮＡチップに、マイクロＲＮＡであるカグリオンを交雑《ハイブリ》させれば、カグリオン遺伝子の正確な位置を、簡単に突き止めることができる。

カグリオンが分子量一万を超えるタンパク質だった場合には、こう簡単にはいかなかった。あるタンパク質から、それを作った遺伝子へと遡《さかのぼ》っていく分析《アッセイ》は、気の遠くなるような道のりとなるからだ。

私は電話に出ようとしない久住に、ショートメッセージを送った。

「倉内作のカグラＤＮＡチップ大至急必要。請連絡」

新聞の呼びかけ広告みたいになったが、気にすることなく送信した。

それから研究室のソファで休んでいるうちに、睡魔に負けて眠ってしまった。

目をさました時には、全身に冷や汗をかいていた。

痛め止めの薬で体が少し変調をきたし、やけにリアルな悪夢を見た。植物の変容によって生まれた怪物が、世界中を破滅に導く内容だった。

私たち学者は、荒れ果てた大地を目の当たりにして、なすすべもなかった。

予知夢となるのか……。いや、それ以前の段階でなんとかして食い止めなければならない。

私は額の汗を腕で拭った。

窓の外はすでに明るかった。

どこか遠くで自転車のブレーキの音がする。警備員が見回りでもしているのだろうか、平和そのものの朝だった。

だがその静けさの裏側で別の悪夢が進行していることに、私はまだ気づいていなかった。

11

金色の朝日が、午前中の柔らかい光に変わる頃、研究室の館内電話が鳴った。

最近では教務課からの連絡も、直接、スマートフォンに来るようになり、有線電話の音を聞く機会もめっきり減った。

受話器に手をのばす。スピーカー部を耳にあてる前から電話の相手は話し始めていた。

「……の準備を進めたほうがよろしいのでしょうか？」

かん高い声の男だった。

「何の準備ですって？」

「そちら、山際研究室ですよね？」

「そうです。そちらは？」

「総務課です。始業前からマスコミの問い合わせが殺到しております。こちらの判断で研究室には繋がないようにしておりますが」

私は寝ぼけていた。

准教授の都築が、何か名誉ある賞でも貰ったのだろうか、とぼんやり思った。

研究室の奥を見たが、都築のチームは、まだ一人も来ていなかった。

「もしもし?」私の反応が鈍いせいか、電話の向こうから再び呼びかけてきた。

「このままでは通常の業務に支障が生じます。安藤先生には、是非記者会見を開いていただきたいのですが」

自分の名が呼ばれたのがわかった。だが記者会見とは何だろう?

「すいません、ちょっと状況がわかりかねるんですが……」

「それを言いたいのは、こちらですよ。マスコミ発表するときは、事前に総務課に知らせていただかないと」

広報態勢を整えるから協力しろ、と、くどくどと相手は繰り返した。

「待ってください」相手を制した。「要は、何があったんですか?」

相手があきれたように言った。「ご自分のなさったことを、覚えてらっしゃらないのですか……」

「私が何を?」

「寝ぼけているんですね。十分後に電話いたしますから、顔でも洗ってください。テレビは、朝のニュースから情報番組に切り替わる時間帯です。どこがどう報じるのか、ご自分でチェックされることをお勧めします」

相手はそれだけ言うと、一方的に電話を切った。

重たい体を引きずって手洗いにいき、まず冷たい水で顔を洗った。

ようやく目が覚めた。

アンドロイド端末のタブレットが研究室にあったのを思い出し、ワンセグのテレビを付けた。

放送局はわからないが、長いテーブルに複数の男女が座って、こちらに話しかけていた。解像度の低い画面に「クワバ」の文字が読み取れた。

ボリュームを上げる。

司会者がだしぬけに私の名前を口にした。

「帝都大の安藤助教の告発状によると、ウイルスはなんらかの遺伝子操作を受けた新種だそうですが、どう思われます？」

自分の名前が呼ばれたことより、「遺伝子操作」に関する情報が漏れていることのほうが衝撃だった。

昨日の逡巡はなんだったのか。

「安藤さんが、どのような意味で遺伝子操作という言葉を使っているか、ですね」科学ジャーナリストの肩書きをつけた男が返事をした。「それによって、推定できることとは、かなり変わってくるでしょう」

「なるほど」

今の説明で納得できたのか。

それにしても、この一晩で何があったのだろう。

テレビの伝えるところによると、昨夜遅くに農水省が、クワバの種子にジャガイモ萎黄ウイルスの亜種が混入していることを発表し、製品の出荷停止と回収を命じたという。そこまでは、里中から聞いたとおりだ。

ところが本日未明、「帝都大の安藤」と名乗る人物が告発状をマスコミ各社に送った。「クワバと農水省は重大な秘密を隠している、クワバの種子に混入したウイルスは、遺伝子操作を受けた悪質なものだ。両者の研究に参加している者として、この隠蔽体質は許せない」という内容だったらしい。

私はチャンネルを切り替えた。

別のテレビ局は、「遺伝子操作に関して、今朝クワバと農水省に問い合わせたところ、明確には否定しなかった。食の安全性をおびやかす重大な問題なので、不確実な情報ながら、あえて報道している。安藤氏へのインタビューも、今日中に行なうつもりだ」と説明した。

今日中に取材などさせるものか。

ひとまず総務課に電話して、あらゆる問い合わせに「安藤は不在」と答えるように依頼した。ついでに研究室の電話線を引き抜いた。

わざわざ私の名前を出して、世の中を引っ掻《か》き回そうとしているのは、誰なのか。

そいつは、カグラの原木を欲しがった者たちと、同じ組織なのか。

わからないことがまた増えた。

なおも、いくつかのテレビ番組をハシゴした。

「遺伝子操作」という言葉は出回っているものの、その具体的な内容に触れている番組はない。おそらく告発状に書かれていなかったのだろう。悪魔的な感染力が、今この時点で公表されていないのは、せめてもの救いだった。対策が間に合っていないので、ウイルスの真の恐ろしさを世間が知れば、ちょっとしたパニックになったかもしれない。

それに比べれば、私の名前がマスコミの餌食《えじき》になることなど取るに足らない……とまでは言わないが、看過できる。

テレビの映像が、クワバ本社の正面に変わった。

女性リポーターが、イヤーモニターを直しながら話し始めた。

「はい。こちらクワバ本社前です。ただいま、クワバより発表がありまして、本日の午後二時より、今回の事件について会見を開くとのことです。おそらく謝罪会見になるかと思われます」

付け加えられた情報は、それだけだった。

画面は開店前の大型スーパーの店頭に切り替わった。クワバのその他の製品、例えばトマトを原材料にした加工食品や飲料などは、当然ながら行政処分の対象外だった。しかし多くの量販店では、自主的にすべてのクワバ製品の販売中止を決定したという。

番組の司会者はクワバの製造物責任を鋭く追及し、巨額の損害賠償の可能性にまで言及した。

私はチャンネルを変えた。

今度は、私が告発状を出した意図を、コメンテーターが推測していた。

「この安藤という植物学者は、以前も『平山事件』というのを起こしているのですよ」

「それはなんですか？」

「ノーベル賞に一番近いと言われていた、平山博士を覚えてらっしゃいますか」

「ええ、ええ。たしか植物性の万能細胞を研究されていたのでは？」

「そうです。その平山博士の研究データが、すべて捏造だと、安藤さんが告発したのです」

「悪事を暴いたわけですから、安藤さんのやったことは、誉められていいことなんじゃないですか？」

「どうでしょうねえ」コメンテーターが難色を示した。

「と、おっしゃいますと?」

「だって平山教授は彼の恩師ですよ。彼は、言ってみれば、自分の恩師を売ったわけです。彼の行動が果たして褒められたものかどうか……。現に彼は、一部の学者から『植物学界のユダ』と呼ばれています」

「イエス・キリストを裏切ったという、あのユダですか?」

「そうです」

「それはまたひどい言われようですね。しかし、実際にデータを捏造した平山教授も悪いわけですよね」

「いや、違います。それは大きな誤解です」

コメンテーターは、司会者の言葉を言下に否定した。

「実際にデータを捏造したのは、平山教授の実験助手だったのです。しかし高潔な平山教授は、その責任を取って自殺しました。果たして安藤さんは教授を、そこまで追い込むべきだったのかどうか……」

「なるほど、やり過ぎだったのではないか、と?」

「安藤さんは出世コースから完全に外れ、今も助教という立場に甘んじています。それを見れば、学界の安藤さんに対する評価は自ずと明らかでしょう」

大学の人事にまで詳しいコメンテーターでも、知らないことはたくさんある。

実のところ、私は一度は大学からクビを告げられたのだ。それを不当と訴え、助教の地位を確約させたのは、山際教授だ。だが教授の行動は、私を守るためではなかった。教授は、間違ったことがまかり通るのが、極端に嫌いなだけだ。

その甲斐あって、私は大学に残れた。ただし送られてきた人事通知書には、「特認助教」という見慣れぬ文字が入っていた。教授に確かめると、私のために特別に設けられた地位だという。その意味するところは、「定年までの助教を保証する」というもの。逆に言えば、教授はおろか、准教授への昇進の可能性も閉ざされたのである。「研究者という立場を維持するには、それしかなかった」と山際教授に言われれば、従うしかなかった。私自身、研究を続けられることだけで満足していた。地位や肩書きに拘泥するのは性に合わなかった。

テレビでは進行役のアナウンサーが、視聴者に向かって語りかけていた。

「この時間は、予定の内容を変更いたしまして、大手種苗メーカー、クワバのトマト種子に、ウイルスが混入した問題をお伝えしています。CMの後は、告発状とともにマスコミに送られた映像の検証をしていきたいと思います。そこには作物がほとんど枯れた畑が映っていました」

CM後の予告として、すべてのトマトが立ち枯れしている畑の映像が流れた。それが、私が送ったとされている記録らしい。

畑の常として、どこも同じような景色になるが、私が訪れた九州の農家のものではなさそうだ。

すると農水省の別の班の記録が漏れたのか。あるいはまったく別のところで、被害記録を撮影している者がいたのか。

こんなものまで、わざわざ私の名前を騙《かた》って提出している理由がわからない。不快な疑問に呼応するように、骨折した脇腹が痛んだ。

タブレットをテーブルに置いて、スマートフォンを出した。

クワバの宇野から、何度か電話が入っていた。メッセージは残していない。かけ直したが、三度連続して留守電に切り替わったので諦めた。

そのほかに非通知の電話が数件。マスコミが、この番号を嗅ぎつけたのかもしれない。

里中からは、メールが二通、届いていた。どちらの文面もそっけない。

「農水省からの情報漏洩《ろうえい》ではありません」

「先輩が告発したとは思っていません」

どうせ忙しいに決まっているので、こちらから里中に連絡するつもりはなかった。

それ以上、新しい情報はなさそうだったので、研究室を脱出することにした。必要な資料などをバッグに詰めていると、研究室のドアノブが回される音がして、身がすくんだ。

大学の校舎は、産業スパイだろうがマスコミだろうが、その気になれば、だれもが自由に出入りできる。

だが入ってきたのは、左手に小型のアタッシェケースをさげた山際教授だった。

教授は、私の姿を認めてにやっと笑った。

「やってくれたな。これで我々とクワバの関係も終わりだ」

私の返事を待たずに、教授はテーブルの反対側に腰かけた。

「私は、何もやっていませんよ」

「わかってる。だが否定の声明を出すのか？　実際に遺伝子操作の可能性はあるんだろ？」

「その可能性は、きわめて濃厚です」

「そら見ろ。だったら、わざわざ否定するまでもないな。おまえの名前など、七十五日どころか、七十五時間で忘れられるだろう」

「そう願いたいですね。私も、マスコミに対して行動を起こすつもりはありません」

根拠のある弁明をマスコミにしたところで、結局無駄に終わることは、平山事件で嫌というほど思い知っていた。

「いずれにしても、もうトマト関連の実験は続けられないな。大学は侵入者に対して無防備だ。すでに農学部の正門には記者やカメラマンが陣取っている。あそこで大人しく待っている連中ばかりではないはずだ」

「実験は続けます。まもなく真実が見えてきそうなんです。それによって、クワバも救えるはずです」

教授は私をにらんだ。

「仕方ないな。しかし安藤、おまえは今日から休職処分になる。ほとぼりがさめるまでは、大学に居場所はないぞ」

「別の場所にラボを借ります」

「サクラちゃんか」

「モモちゃんです」

山際教授が、ズボンのポケットからキーホルダーを取り出し、茶色い大きな鍵を選り分けた。

「この鍵を貸してやる」

私は角の丸くなった、鈍色《にびいろ》の鍵を受け取った。

「どこの鍵ですか？」

「農学部は、大学のメインキャンパスから少し離れているだろ。ここから大学本部に行くには、交通量の多い通りを渡らなければならない。だが戦後まもない頃の農学部長が、なかなかの剛腕で、雨の日でも傘をささずに本部に行きたい、と事務方を脅した。そして本部と農学部を地下道で結ばせたのだ」

「ほんとですか」教授の意図がおおよそ飲み込めた。

「学生運動の頃に鍵が閉められ、以後、存在そのものも公の見取り図から消えたが、地下道は今も残っている。そこを通れば、法学部の最も古い建物に出られる。おまえのボルボは、こっちのキャンパスに乗り捨てておけばいいだろ。誰も気にしない」

私は礼を言って、鍵を受け取った。

「それと、これを持って行け」

教授は持っていた小型のアタッシェケースを突きだした。

「実験の継続に必要なものと聞いた。何かのDNAチップだそうだ」

「久住が、来たんですか」私は驚いて、教授に問いただした。

「今朝、私の教授室の前で待っていた。ケースの中身については、おまえに渡せばわかるはずだと言っていた」

「倉内が作製した、カグラのDNAチップです」

「倉内？　ああ、そっちの実験も続けてるのか」

「それで久住は？」

「帰った。おまえの顔は、あまり見たくなさそうだったぞ。だからこれを、わざわざ私に託したんだ」

私は落胆した。「人手不足は解消せずか……」

そのつぶやきを聞いて、教授があきれたとでも言いたげに、頭をゆらゆらと左右にゆっくり揺らした。

「人手不足って、ほんとに、おまえってやつは、びっくりするほど他人の感情に鈍感だな」

「どういう意味ですか?」

「あの娘は、おまえに惚れていたんだろう? はたで見ていても、丸わかりだったぞ。でも、おまえの気持ちが自分にはないとわかって、身を退《ひ》くことに決めたんだろうよ」

私は教授の指摘に愕然《がくぜん》とした。

「しかし、私が久住を好いていないというのは、久住の誤解だ」

「はあ? じゃあおまえ、あの娘のことが好きなのか?」

「いや、それは……」

「安夫と里美は、ホテルの部屋に入るなり、互いの唇を……」

教授が突然私に対する中傷記事の冒頭を暗唱し始めた。

「やめてください、何のつもりですか?」私は手を振ってそれをさえぎった。

「おまえに関する怪文書は、おまえと知り合った者全員に届いているんだ。実際、九州の県職員にもつくばの警察にも、過去が知られていただろ。あの娘だけ見すごされるはずがなかろうが」

「すると……」

「当然あの娘も、おまえと里中の関係を知っているのさ。おれなんか季節の挨拶のようにこの記事を受け取っているから、そらで内容が言えるようになってしまった」

「何てことだ……」私は自分の顔が赤らむのを感じた。

「だいたい私の忠告を破って、里中と仲良くしているからこんなことになるんだ。それだけで十人くらいの男が、闇夜でおまえを殴りたいと思っているかもしれない。ちなみに、その十人のうちの一人は私だ」

教授の軽口に切り返すだけの余裕が、そのときの私にはなかった。

しかも教授の目が笑っていないので、どこまで本気かもよくわからなかった。

12

教授と別れたあと地下のラボに寄って、カグリオン水溶液の入った容器を、忘れずにピックアップした。

そして教授にもらった鍵を使って地下通路を抜け、本郷キャンパスの前でタクシーを拾った。

途中、自宅のマンションに寄って、カグラを注意深くプランタに移植した。

自宅の住所まではマスコミに知られていないようで、誰にも見つかることなく、家に寄れた。ついでに着替えの服をスーツケースに詰め込んだ。

間もなくモモちゃんの家に着こうというときに、スマートフォンの呼び出し音が鳴った。

無視するつもりだったが、表示された番号が気になった。熊本あたりの市外局番だった。通話モードに切り替えて、耳にあてたとたん、鼓膜が破れそうなほどの大声が響いてきた。

「あんた」と相手は怒鳴った。「おい、あんた」

「聞こえています」

「今、わしがニュースで見とることも、デマやというんか」

「すみません、どなたですか」

「熊本の林田」

その名を聞いて、私は緊張した。

怪文書の内容を読んで、私が家に入ることを拒んだ熊本の農家である。トマトの全面焼却処分を告げると、私に殴りかかってきた。

「今、テレビでやっとるニュースもデマなのか、と聞いとるんだ」

「デマです」

「ばってん、あんとき、あんたは言いよったよな。トマトを救うためにあらゆる手をつくします、と」

「確かに言いました」

「嘘やないよな」

「嘘ではありません」

「だったら、こんなデマ気にせんと、自分の仕事をしろ。最後までやりきってもらわんと、被害にあっとるわしらは、やりきれんばい。わかったとや？」

「わかりました」

「わかったんなら、そんでよか」

それだけ言うと、林田は唐突に電話を切った。

厳しく頑固で寂しそうな林田の風貌が、脳裏によみがえってきた。

私の名前をテレビで見て、いてもたってもいられなくなったのだろう。

不思議なことに、私にはその林田が、強力に自分の背中を押してくれているように感じた。

突然訪れた非礼を詫びてから、モモちゃんに昨夜からの事態の急変をざっと説明した。

「それはたいへんだったわねえ」

モモちゃんの表情に同情の色は見えなかった。いつものように馥郁たる香りのコーヒーを淹れながら、ひどくつめたい一言を言い放った。

「でも、あたしは、もう関係ないから」

モモちゃんは、コーヒーを私の前に置くと言った。「今年はもう店じまい。あしたからプロヴァンスに長期滞在の旅に出るの。半年は戻らないからそのつもりで」

「ちょっと待ってくれ」私は慌てた。「スレッドはどうするんだ」

「今さらどうなるっていうの」モモちゃんは冷めた口調で言った。「あのウイルスはもうあたしたちの手には負えないわ。あんたもさっさと手を引いた方がいいわよ」

「ちょっと待ってくれ、スレッド攻略のための重大なヒントを見つけたんだ」

「攻略のヒントだなんて、ずいぶんゲーム感覚で言ってくれるじゃない」

私は両手でモモちゃんをなだめる仕草をした。「とにかく、おれの話を聞いてくれ」

「さっきから、聞いてるでしょ。さっさと話しなさいよ」

「おれがクワバから分析を頼まれたカグラって名のトマトなんだが、これにスレッドに対する耐性が認められたんだ」

モモちゃんは、メッシュを入れた前髪をいじり続けていた。

「ふうん、そう」

「嘘じゃない。カグラの細胞培養中に、おれのアシスタントがあやまってスレッドでコンタミを起こした。すると比較用のトマトは全滅したのに、カグラの細胞はピンピンしていた」

「カグラねえ」モモちゃんの瞳の奥が光った。「まだ、信じられないけどね」

「そう言うと思って現物を持って来た。これこそがスレッド攻略のキーだ」

私はプランタからビニールの包みを取り払った。

モモちゃんが、葉を動かして、まだ八分ほどの大きさの実を軽く握った。

私はカグラの特徴とこれまでの分析《アッセイ》結果についての詳細を説明した。

「じゃあ、そのカグリオンってマイクロRNAのせいで、カグラの果実は、熟さないし、収穫後も光合成を続けて、半永久的に生き続けてるっていうのね」

「カグリオンには、スレッドの被害を食い止められる可能性がある。具体的にどうすればいいのか、今はその方法がわからない。だからこそモモちゃんに手伝ってもらいたいんだ」

「いやよ。ここを自由に使っていいから、一人でおやんなさい」

「恩に着るから」私は、拝むようにモモちゃんに両手を合わせた。

「ほんとにいやな男」モモちゃんは、私をにらんだ。「あたしが断れないと知っているんだから。あーあ、プロヴァンス行きはキャンセルね」

私はモモちゃんのラボを借りて、カグリオン産生遺伝子を特定する作業にかかった。倉内が作り、久住が山際教授に託したカグラのDNAチップに、カグリオンを交雑《ハイブリ》させるだけでよかった。

一方でモモちゃんは、カグリオンが本当にスレッドに対して効果があるのか、検証を始めた。トマトの根、葉、茎の細胞で培養したスレッドウイルスにカグリオンを投与し、経過を観察するのだ。

午後二時になったので、モモちゃんを呼んで「クワバの記者会見が見たい」と頼んだ。

「テレビなんて通俗な道具は、ここにはないんだけど」モモちゃんは、パソコンを前にして笑った。「お望みなら、アメリカのケーブルテレビだって見せてあげるわよ。なんたって、あたし、高校生までは普通のハッカーだったから」

ニュースショーの映像がモニターに現れた。

宇野が進行役を務めているのがわかった。壇上には、あまり見たことのない重役らしき人々。会長の太一郎の姿は見えなかった。

「……まことに申し訳ありませんが、会長の鍬刃太一郎は体調を崩したために、本日は欠席とさせていただきます」

そこまで言うと、宇野は頭を低く下げた。

心労で倒れたのだろうか、と、痛ましい気持ちになった。あの会長にかぎって、政治家のように仮病をつかって病院に逃げ込んだりはしないはずだ。

しかし会場にいるマスコミの記者からは「誠意が足りないんじゃないか」と糾弾の声があがった。

「クワバの株価は、きっと暴落してるでしょうね」モモちゃんがつぶやいた。

「株に興味があるとは知らなかった」

「あたしは世捨て人じゃないのよ」モモちゃんは小さく首をかしげた。「ピノートが、クワバを相手に企業買収を仕掛けるらしい、という噂がネットで広がってるわ」

圃場荒らしのあった日にネットで見た、ニュースの見出しが私の脳裏に蘇った。確かにピノートが企業買収を計画している、というものだった。

「ピノートの買収の標的って、クワバのことだったのか……」

「これで、あのクソ企業は、ずいぶんクワバを買いやすくなったはずね」

私ははっとして、モモちゃんの横顔を見つめた。

確かにこの事件でクワバ株は暴落するだろう。

しかし、いかにピノートが悪辣《あくらつ》だとしても、ひとつの企業を買収するために、そこまでのことをするだろうか。

ばらまいたウイルスは、ほかならぬスレッドウイルスなのだ。

「あら、世間知らずは、仁ちゃんのほうじゃないの？」モモちゃんはにやりと笑った。

「ピノートが、強い農薬と、その農薬に強い遺伝子組み換え作物を、セットにして売りつける会社だってこと、知ってるはずでしょ？」

私の頭の中で、また１２１１という数字がうねうねとうごめき始めた。

私はテレビ画面を消した。

すでに会見の中継は終わり、コメンテーターがクワバを叩くだけの番組に変わっていた。とりわけ太一郎の経営者としての姿勢が問われていた。

世間はわずか半日の間に、叩く矛先を私のようなしがない研究者から、大企業の経営者へと変えたようだ。

実験室に戻ろうとした矢先に、スマートフォンが鳴った。

里中からだった。

「トマトの定植が東海エリアまで進んでいます。九州では開花までもう何日もありません」

私はつとめて平静をよそおった。

本当は、「こっちだって必死にやってるんだ」と、怒鳴り返してやりたかった。

「頼まれていた例のウイルスの土台の件がわかりました。これからメールします」

里中は、それだけ言うと、慌ただしく電話を切った。

クワバ問題の担当者として、彼女のなすべきことは山のようにあるに違いない。

私がトラブルに巻き込まれていることについては、一言もなかった。

見舞いやねぎらいの言葉を私が欲していないのを知っているからだろう。察しがよく、また無駄を嫌うのは里中の美点ではあるが、あまりにもそっけなかった。

メールの着信音が続いた。

スレッドウイルスと遺伝子指紋が完全に一致するウイルスが見つかった、という。そのウイルスは外国企業の非公開のデータベースに登録されていた。やはりＰＹＤＶ株だった。

保有者の名は、グラッドストーン。

衝撃のあまり、自分の回りが一瞬、暗くなったように感じた。

グラッドストーンは、クワバが開発したトマトの権利を奪った外国企業だと、会長の太一郎から聞いたばかりだった。

里中のメールには、さらに驚くべき内容が記されていた。

〈グラッドストーンは、遺伝資源管理のためにピノートが作った事業体だとする、不確定情報があります〉

錆《さ》びついて動かなくなっていた歯車が、突然動きだしたような感覚。

グラッドストーンは、ほかならぬピノートの隠れ蓑だったのだ。クワバのつかめなかった事実を、農水省は独自の情報ルートで手に入れていた。

ピノートがグラッドストーンを使い、グラッドストーンが1211を使っている。1211の存在を示す証拠であるメール「私は荷物を受け取った」の「荷物」とは、クワバのトマト種子に1211が混入させた、スレッドウイルス粒子《ビリオン》を指していたのではなかろうか？

1211は、過去にはグラッドストーンのためにクワバのトマト資源を奪い、今回はクワバ種子にスレッドウイルスを混入した。

実は1211に与えられたミッションとは、単にクワバの企業秘密を盗むというだけでなく、クワバ、さらには日本の農業を攪乱《かくらん》することなのではないか？

そのように考えれば、すべての辻褄《つじつま》が合う。

クワバは、日本の種子市場におけるシェア一位で、人々から強く信頼されている企業だ。しかし種子へのウイルス混入という大失態により、その信用はガタ落ちするだろう。

そこにスレッドウイルスの特効薬をひっさげ、救世主のごとくにピノートが登場する。

そういう筋書きが見えてきた。

過去にピノートは東南アジアやアフリカで、このような「マッチポンプ・マーケティング」を遂行してきた。

ピノートはついに、その矛先を日本に向けたのにちがいない。ただし、日本市場攻略に使う武器は、農薬ではなく遺伝子操作されたウイルスというわけだ。

しかしスレッドウイルスは、放っておけば前代未聞の植物アウトブレイクを招く、とてつもなく危険なウイルスだ。

たとえ治療法や防衛法をひそかに確立していたとしても、ただ利益のためだけに、人類を絶滅させかねないウイルスをまいたとしたら、ピノートはまさしく狂った企業だ。

これが事実に相違なければ、すぐに告発しなければならない。だが今は、告発したとしても客観的な証拠が足らず、出世の見込みがない学者の妄想と片づけられてしまうだろう。

そしてまた、もっと恐ろしい事態が進行している可能性もある。スレッドウイルスは、ピノートの意図しない漏洩によって広まったもので、その対策など考えられていない、という筋書きだ。

ピノート内に巣食っている、一部の狂人の仕業である可能性も捨てきれない。

いずれにせよ、今は真実に近づくことが大切だ。

鎮痛薬を飲み、眠気に耐えながら、私はモモちゃんと並んで実験を続けた。

カグリオン水溶液を、久住から受け取ったカグラＤＮＡチップに交雑《ハイブリ》したところ、チップ上の七か所の遺伝子で反応が認められた。

やはりカグリオンは、予想どおりカグラの細胞核ＤＮＡで作られていたのだ。

そこまで気力だけで作業を続けたが、痛めつけられていた体は、とうに限界を超えていた。ときどき仮眠を取りながらも、まる二日近くぶっ続けで実験していた。こんな体力まかせの作業は、院生のとき以来だった。

モモちゃんに断って、鉛のように重たい体をリビングのソファに横たえた。その途端、すぐに深い眠りに落ちた。

つかの間、世間の騒ぎも、わずらわしい人間関係も忘れた。


体をゆさぶられ、モモちゃんに起こされた。

私は寝ぼけたまま、身をよじった。その拍子にブランケットが床にすべりおちた。

時計を確認すると、夕方になっていた。五時間ほど眠っていたことになる。頭の芯に、眠気が塊のように残っていた。

「スレッド、消えたわよ」

私は弾かれたように頭を上げた。眠気が一気に飛んだ。

モモちゃんは、すました顔で続けた。

「カグリオンを投与したら、スレッド感染トマトの葉や茎を満たしていたリコピンが全部消えて、葉緑体も復活。葉も茎も緑色を取り戻したわ」

培養細胞で行なわれた実験ではあるが、私の脳裏には一瞬、葉をふさふさと揺らす、トマトの木が浮かんだ。

「光合成は？」

「もちろん確認ずみよ」

光合成を行なっているということは、枯れたように見えていた葉や茎が機能を回復していることを意味する。

カグリオンには、スレッドウイルスによる病変を治癒する効果があるということだ。

私は全身にエネルギーが満ちるような喜びを覚えた。

「このカグリオンが、大量に作れればいいんだが……」

カグラの原木は、たったひと株しかない。

クワバがカグラを作りだした手順を踏めば、カグリオンを量産できるかもしれないが、それには何年もかかる。

開花は十日後に迫っていた。

農水省の指導で、現場では焼却処理も進んでいるに違いない。しかしクワバの種子から育ったトマトをすべて焼却することは不可能だ。

ひと株でもスレッドに感染したトマトが残ったら――そしてそれは、人間の行動原理に照らし合わせれば、必ず起きるのだが――そのトマトが飛散させる花粉によって、植物全滅へのカウントダウンが始まることになる。

その先に待っているのは、人類および陸上の全生命体への壊滅的な打撃だ。

なぜなら、地球上で、植物だけが環境からエネルギーを取り出し、動物など他の生命体の生育に必要な有機化合物を合成することができるからだ。食物連鎖の下部構造を成している植物が、あらゆる生物の栄養源なのだ。

恐ろしい事態を避けるためには、どんな方法が残されているのか。

私は「スレッドウイルスには、未知の遺伝子が二つある」と言ったモモちゃんの言葉を思い出した。

そのうちの一つが、エイズウイルスと同じｐｏｌ構造遺伝子であることは、すでに突き止めていた。

もう一つの遺伝子は、どんな物質をコードしているのだろうか。それが病原物質をコードしていることがわかり、さらにカグリオンとの関係が判明すれば、スレッドへの対抗策が見つかるのではないか。

その仮定を、モモちゃんに投げた。

「もう一つの未知の遺伝子の正体を見きわめることが、この問題解明の糸口になるにちがいない」

「賛成。あたしも、そう思う」

「病原物質だ」私は腕を組んだまま言った。「スレッドウイルスの病原物質を特定しなければ」

「そうなんだけど」モモちゃんは、急に自信の無さそうな態度に変わった。

「実を言うと、このラボの設備や機材では、スピードもクオリティもぜんぜん足りないのよ。このままここで分析《アッセイ》を続けたんじゃ、絶対タイムリミットに間に合わない……」

「そうか……」私は天を仰いだ。「しかし帝都大のラボだって、ここと大差ないぞ」

「ちょっと知り合いに聞いてみるから」モモちゃんは、自分を元気づけるように何度かうなずいた。「うん。聞いてみる」

「帝都大よりましな設備があり、なおかつその設備がすぐに使える場所って、相当限られるんじゃないか?」

「ともかくこの問題は、あたしに預けてくれない?　絶対になんとかするから」

モモちゃんがメールを打ちだしたのを見て、私も少し離れた場所から電話をかけた。

相手は宇野である。

今日も無視されるかと思ったら、意外にも一度目のコールで電話に出た。

「安藤か。よくも電話をかけて来られたもんだな」

「クワバの窮地を救う方法を提案できる」

私は宇野の嫌味を受け流して、そう言った。

宇野はしばらく黙り込んだ。

「からかっているのか？　おまえが余計な情報をマスコミにばらまいたせいで、こちらは困ったことになっているんだぞ」

「やったのは、おれじゃない」それ以上の反論の言葉は飲み込んだ。「それよりも会長に提案がある。ぜひ会長に会いたい」

「無理だ」

「感情の問題ではなく損得で判断してほしい。重要な提案があると会長に伝えてくれ」

宇野のため息が聞こえた。

「会長は襲われたんだ」

「なに？」

思わず声がうわずった。

「世間には急病と言ったが、実際には、会長は誘拐されかかった。大事をとって今は病院にいる」

「警察には？」

「もちろん届けたさ」宇野がいらついたように言った。

「だが警察には情報を伏せてもらっている。マスコミから、同情を集めるための狂言だ、などと騒がれたのでは、たまったもんじゃないからな」

「なぜ会長が誘拐されるような隙を見せた？」

「記者会見直前にホテルのトイレで狙われたんだ。会長は何かを注射されて、個室へ引きずりこまれかけた」

自分が拉致された瞬間を思い出した。

あの時私は腰に何かを刺されて気を失った。

「あわやのところで会長は大声で助けを求め、ガードマンがすぐに駆けつけた。おかげで会長は無事だったんだが、犯人のほうは一足違いで取り逃がした」

「会長が無事でなによりだ」

「精神的なショックをうけているが、そのほかの体の異変は見られない」

太一郎を拉致しようとは、やつらの犯罪行為はさらにエスカレートしている。

スレッドをばらまく理由までは、おおよその推測がついた。

だがやつらが、クワバの会長を誘拐してまでカグラを手に入れたい理由は、依然として藪《やぶ》の中だった。

もしかすると１２１１は、カグラがスレッドに対する対抗力を秘めていることを、なんらかの理由で知ったのではなかろうか？

「……もしもし」

沈黙が長びいたせいか、宇野が呼びかけてきた。

「クワバに関わる、あらゆる災厄が解決できるかもしれない。そう会長に伝えてもらえないか」私は宇野に食い下がった。

「おまえは……」宇野の声が苦い響きを帯びた。

「きっとクワバの役に立てると思う」

「会長の意向を確認して、後で折り返す。だが病室の周辺には警察がうじゃうじゃいるから、そのつもりでな」

13

クワバの会長に会う前に、目黒《めぐろ》区にある帝都大学の医科学研究所に寄った。

変装するために、モモちゃんからサングラスを借りて、さらに花粉症用のマスクまでかけたが、大袈裟なだけに思えた。

研究所の敷地は広く、木立の間にレンガ造りの古風な建物が立ち並んでいる。そのなかでは最も小さく、人の目にも留まらないような建物に入った。入口には「近代医学資料館」と記されている。

入場料を支払い、二階の展示室へ向かう。

クラインの壺のような奇妙な形の実験器具を展示しているコーナーを通り抜けて、奥の休憩コーナーに入ると、ベージュ色のベンチにほっそりとした男が腰かけていた。柔和な顔だちが、窓外からの木漏れ日を受けて輝いている。

男は私を見上げて微笑んだ。

「安藤先生ですね」

「そうです」

私は軽く一礼した。

どこかで見覚えのある顔だったが、どこでこの男に会ったのか、私は思い出せなかった。

今朝、モモちゃんに「鍬刃太一郎に会いに行く」と話したら、その前にここに寄れと指示された。ある人物が待っているから、と。

モモちゃん自身は多くを語らず、細かい説明はその人物から聞け、と言われた。

「でも、これだけは信じて。ひと晩じっくり考えて、やっぱり、これ以外に方法がなかったの」

私はもちろんモモちゃんを信じた。

そして今、立ち上がった男が差し出した右手を私は握り返そうとしている。

「モモから聞いていたとおりですね」と男は言った。「大きくがっしりした体格で、日本人離れした彫りの深い顔。すぐにわかりました」

その男は、モモちゃんを「モモ」と呼び捨てにした。

男の瞳は、モモちゃんとよく似て、吸い込まれるような薄茶色だった。だが相変わらず、まだ彼の名を思い出せない。

こちらの微妙な表情を見て、相手の男も、私が不安定な状況に置かれていることに勘づいたようだ。

「ひょっとして、モモから、私のこと、何も聞かされていないんじゃないですか?」

「ええ。詳しいことは、あなたから聞くように、と言われました」

男は苦笑しながら、ポケットから名刺入れを取り出した。

「申し遅れました。武田十介です」

私は思わず、「あ」と声を漏らした。

受け取った名刺には、帝都大学分子細胞医科学研究所教授・医学博士という肩書きが印字されていた。

だがそんなものを見なくても、ノーベル賞を受賞するのも時間の問題と言われている著名な医学者であることを、私の脳は瞬時に認識した。

武田にうながされて、彼と並んでベンチに座った。サンルームのように明るく温かい空間だった。

私たちは二人とも窓のほうを向いたまま、互いの視線を交わらせずに会話を始めた。

「どこから話したらいいものか……」

武田は、やや言いよどんだ。その思いは、私も同じである。スレッドウイルスやカグラについて、彼はどこまで知っているのか。

腹を探り合っていても時間の無駄なので、率直に質問した。

「武田さんは、現在、我々が直面している問題について、どこまでご存じなんですか」

「そうですね」武田は少し首をかしげた。「九州で発生しているウイルス被害を、クワバが開発したカグラという新種のトマトで解決できそうだ、というあたりまでは、モモから聞いています」

私は、軽く眉を上げた。

モモちゃんは、最重要の機密事項まで、武田十介に話してしまっていた。

あれほどアカデミズムを嫌うモモちゃんが、なぜ武田をそれほどまでも信頼しているのか、実に奇妙に思えた。

だが私のほうは、武田に対する警戒を解かなかった。

「それは、当事者である農水省もクワバも知らない、トップシークレットです。報道もされていません」

「もちろん情報の取り扱いには細心の注意を払います」

私は気になっていた、小さな疑問を口にした。「ところで武田さんは、モモちゃんとは、どういうご関係ですか」

「そこからですか！」

武田はあきれたように言った。

「モモは私の双子の弟です」

私は思わず横を向き、武田の顔をまじまじと見つめ返した。

目が楽しそうに笑っている。「双子と言っても二卵性ですから、あまり似てはいないんですけどね」

かつて武田十介の話題が出たときに、モモちゃんが曖昧な反応を示したのを思い出した。

「ご兄弟でしたか」

「モモの本名を知ってます？」

私は首を横に振った。モモちゃんの本名など、今まで気にしたことがなかった。

「武田モモゾウ。百の蔵と書いて、モモゾウです。私が十介であいつが百蔵」武田が歌うように言った。「祖父が名づけました」

百にゾウと聞いて、百匹の象が生真面目に行進している姿が目に浮かんだ。

「その様子だと、モモが私を巻き込んだ目的をご存じありませんね?」

私は黙ったまま、物問う視線を武田に向けた。

「エイブリー」武田は言った。「オズワルド・エイブリーです」

オズワルド・エイブリーなら、私も知っている。

DNAが遺伝子の担体であることを突き止めた、有名な分子生物学者の名だ。その革命的な業績にもかかわらず、ノーベル賞を授与されることはなかった。

「私が言っているエイブリーは、量子コンピューティングを利用したCMBI。コンピュータ・モルキュラー・バイオロジー・インストゥルメントです」

「例の、雑誌記事に書かれていたマシンのことですか?」

「そうです」武田は答えた。「アニーリング型量子コンピュータは、数兆数千兆という〝場合の数〟の中から、エネルギー準位の最も低いオプションを、瞬間的に見つけだすことができます。これが医学と生理学の研究に、絶大なる力を発揮するのです」

武田は続けた。「しかもエイブリーは、DNA配列を一秒間に十の七乗bpという高速でダイレクトスキャンできます。現在のところ、世界最速です」

一九九〇年代に立ち上がったヒトゲノム計画では、英米の両首脳が旗振りをしても、解読に十年以上の歳月を要した。だがエイブリーが武田の言うとおりのスペックなら、同じ解析が五分足らずで終わる。

「エイブリーの機能は、それだけにはとどまりません」武田の話はなおも続いた。「一片の細胞断片から患者の全RNAをダイレクトスキャンします。またリアルタイム質量分析器を内蔵し、患者の代謝物質を定量するとともに、中間体や前駆体、代謝経路を自動推定します」

「ちょっと待ってください」

私は武田の説明を止めた。とても信じられる話ではなかった。

「そのエイブリーというマシンは、ゲノム分析やプロテオーム分析など、遺伝子やタンパク質に関わる多くの分析を猛スピードでやった上、初期レベルの医療診断まで行なう、そうおっしゃっているんですか?」

武田はうなずいた。「特に代謝過程を推定するアルゴリズムを実装したマシンは、世界で初めてです。エイブリーのアルゴリズムは、向こう二十年の医学界のデファクトスタンダードになるはずです。まさにノーベル賞級、天才による仕事と言っていいでしょう」

武田が臆面もなく自画自賛することに、私は大いに戸惑った。

「ええと、テストラン待ちだと聞きましたが、本当に完成しているのですか?」

武田は深くうなずいた。

「ならば、なぜ、すぐにでもテストランをやらないのですか?」

先端技術は、先頭を走ることにのみ意味があるのだ。うかうかしているうちに、誰に先を越されないとも限らない。

「私が帝都電子に圧力をかけて、テストランを止めているからです」

「何をためらっているんですか」私はつい詰問口調になった。

武田はそれには答えず、黙って私の顔を見つめただけだった。

しばらくしてから、武田は口を開いた。

「話を元に戻しましょう。モモは、スレッドウイルスとカグラの分析にエイブリーを使わせてくれ、と頼んできました」

私は、ラボで見せた、モモちゃんの苦悩の表情を思い出した。

だがエイブリーは医療用の最新機器だ。それを医療以外の目的に使うことなど、できるのだろうか。

もしも武田に断られたら、スレッドウイルス対策は事実上の投了である。

「私はモモに、エイブリーの使用許可を与えてもいいが、一つだけ条件がある、と伝えました」

武田は遠くを見るような目つきをした。

「私はエイブリーを保有しているだけで、実は、開発者は別にいます」

「その開発者の許可がいるんですね？」

武田が先ほど滔々《とうとう》と私に語ったのは自慢話だったわけではなく、開発者が別にいたのだ。

「いいえ、開発者の許可はいりません」

武田は真面目な表情で言った。

「なぜなら、エイブリーを開発したのは、ほかならぬモモ当人だからです」

驚いたが、次の瞬間には、なるほどと納得した。

「聞いてくださいよ」武田が顔をしかめて言った。「モモときたら、開発者に自分の名前がクレジットされることを、頑として拒み続けているんですよ」

私は思わず大きな笑い声をあげた。「モモちゃんらしいじゃないですか」

モモちゃんはバイオハッカーを自認している。

モモちゃんの信条は、研究者としての「王道」を、絶対に歩かないことだ。

「笑いごとじゃないですよ」

そう言いながらも、武田の目は笑っていた。

「だから、昨日、モモがエイブリーを使わせて欲しいと言ってきたとき、私はチャンスとばかりに、交換条件を突きつけてやりました」

武田が、いたずらっぽい顔つきで言った。

「安藤先生を助けるかわりに、エイブリーの開発者としてモモの名前をクレジットすること。モモは、ささやくような声で、わかった、と言いました」

武田が笑い、私もつられて笑った。

私ははっとして、武田に聞いた。

「エイブリーのテストランを見合わせていたのは、それが原因ですか」

「私はモモがクレジットに同意するまで、エイブリーのテストをしないと決め、モモにもそう通告しました。それがつい十日ほど前のことです」

世界は、まだ捨てたものじゃない。

破滅を前にして、何か目に見えない力が抵抗を示し始めたように感じて、私は身震いした。

「改めて、私からもお願いします」武田に向かって頭を下げた。

「頭をあげてください。エイブリーの実力を試すいい機会をもらって、こちらこそ感謝しているんですから」

武田と強い握手を交わし、私たちは並んで出口に向かった。

「そう言えば……」

私は気になっていたことを、一流の臨床医でもある武田に聞いてみた。

武田の説明を聞いて、半信半疑だったあることが、確信に変わった。

14

鍬刃太一郎が入院していたのは、病棟の最上階近くにあるスイートルームタイプの個室だった。入口のドアの横に、制服警官が一人座っていた。

警官に「約束がある」と名乗ると、病室の中に取り次いでくれた。

病室は、手前に応接セットがあり、奥に広めのベッドが据えられていた。この日は天気がよく窓からさんさんと光が射し込み、遠くに富士山が見えた。

一泊十五万円はくだるまい、と思われた。

迎えいれた宇野は、会釈の一つもしないまま、太一郎の寝ているベッドの近くへと私を誘導した。

「こんにちは」

太一郎のベッドや居住まいを整えている女性が、私に会釈した。

予期せぬ人物の登場に、私は「あ、どうも」と間抜けな返事をした。久住真理だった。なんだかきまりが悪かった。

「このたびは、ご迷惑をおかけいたしました」

私は太一郎に詫びを入れ、しばらく間をとった。「私がメディアに流したとされる告発については、まったく身に覚えのないことです。しかし、こういう事態を招いたのも、自らの不徳のいたすところだと反省しています」

「わかっていますとも。まあ、おかけください」

太一郎から、そばにあった椅子を勧められた。

「ウイルス混入の罪は責められても仕方がない。わが社の落ち度でもあるから。しかしやったこともない遺伝子操作の濡れ衣を着せられるとは……」

太一郎はくやしそうに首を振った。

私は久住から、冷たいお茶のグラスを受け取った。

「ご安心ください。クワバを救世主にする妙手を私は思いつきました」

「どういうことだ?」宇野が言った。

「カグラです」

久住が、はっとして顔をあげた。

「実はカグラに、このウイルスに対する耐性があることが判明したのです。

今ニュースになっている、九州を中心に西日本のトマトに甚大《じんだい》な被害をもたらしている病原体を、私たちはスレッドウイルスと名づけました。そのスレッドの働きを無力化する能力が、カグラに備わっていたのです。

簡単に言えば、カグラの実がいつまでも熟さずに緑でいられる力が、スレッドウイルスに感染した植物の治療に役だつのです」

「ちょっと待ってくれ」宇野が私をにらんだ。「カグラの知的財産権は、開発したクワバにあるんだぞ。何を勝手に、他の研究に転用しているんだ。良いことだから、何をやっても許されるってもんじゃない」

「今日ここに来た目的の一つは、会長から、カグラをウイルス対策に利用する許可をいただくことです」

太一郎は腕を組んで瞑目《めいもく》していた。

私は続けた。

「カグラのこの思いがけない効用は、私一人で発見できたわけではありません。むしろ偶然の産物でした。

それができたのは、倉内の、そして、そこにいる久住さんの研究の方向性が正しかったからです。私は倉内が切り開いた道を歩いただけです。そして今、目的地の前に立ちはだかる、最後の茂みを刈り取ろうとしている」

太一郎が目を開けた。「カグラの利用を認めます。いい方向に活用してください。もとはと言えば、クワバが日本にかけた迷惑です。クワバ自身でそれを解決できるなら、それをやるのはクワバとしての当然の義務だと言えましょう」

私はひとまず安心した。

「用件はほかにもあるんだろ?」宇野が言った。

私は茶でのどを湿らせてから、再び話し始めた。

「産業スパイ、1211の問題です」

「おい、安藤」宇野が私に目配せして、久住がいることを知らせた。

「久住さんなら、1211のことはとっくに知っている」

宇野が驚いたように久住を見ると、彼女は小さくうなずき返した。

「今回の一連の事件を振り返ってみたんです」

私は手のひらの中のグラスを回しながら言った。「一番奇妙なのは、私を襲った者が、カグラの木をほしがったことです」

太一郎は静かにうなずいたが、宇野は激しく首を振った。

「奇妙なものか、同業者に決まっているさ」

「たかだかトマトの木一本のために、人を誘拐して暴力をふるったり、クワバの会長を拉致しようとしたりする種子メーカーが、本当にあると思っているのか?」

宇野が何か言いかけて、黙り込んだ。

「最初に競馬場で倉内の研究を引き継ぐよう依頼されたとき、カグラは極秘のミッションだ、と説明を受けました。

だとすると、カグラという品種があること、その研究が倉内から私に移管されたこと、そしてカグラの原木が、帝都大学の圃場に移植されていることを知っていた人間は、ごく限られています。

具体的には、あの日、競馬場の来賓室にいた我々三人と、倉内の部下の久住さん、それに清川所長、牛山副所長、一ノ関部長という総研幹部。この七人で、すべてです」

私は太一郎と宇野の顔を交互に見て、それ以上の候補がいないことを確認した。

「ところで、帝都の試験圃場では、数多くの植物が栽培されています。

ですから帝都圃場侵入の際には、カグラの原木を見分けられる人物が、必ずその場に立ち会わなければならなかったはずです。

直接対峙した私にははっきりとわかりましたが、私を拉致したヤクザ者たちは、明らかに素人でした。彼らには、カグラとほかのトマトどころか、トマトとエダマメを識別することすらできないでしょう」

「おっしゃるとおりでしょう」太一郎が穏やかに言った。

「つまり、あの日、帝都の試験圃場には、先ほど名前を上げた七人の人物のうちの誰かが、必ず立ち会っていたはずです」

太一郎と久住が、互いの顔を見つめあった。

「私は警察ではないので調べられませんが、その人物は、あの圃場荒らしのあった夜、四月八日の日曜でしたが、その夜にアリバイのない人物ということになります。したがって、あの夜の居場所が確認できる人は、1211の候補から外すことができます」

「私は東京の仮住まいにいました」久住が聞かれる前に答えた。「電気泳動の最中で放置することしかできなかったから」

「それを証明できる人間は、誰かいるのか?」宇野が意地悪く聞いた。

「それは……」久住が唇を噛んだ。

「久住さんだけでなく、まあ誰しもこんなもんでしょう」私は久住をかばった。「私にも、この日のアリバイを証明してくれる人はいません」

「話の続きをどうぞ」太一郎が好奇心を抑えられない顔つきで言った。

「最初に疑ったのは、一ノ関部長です」

私がそう言うと、間髪を置かずに久住が叫ぶように言った。

「一ノ関さんは、倉内さんのノートを破ったんです」

「どういうことかな」太一郎が優しい口調で、久住に問いただした。

「倉内さんは、私に四冊の実験ログを残しました。その最後のページには、手書きで1211という数字が書かれていました」

「1211だと?」宇野が鋭く久住を見た。

「そのページを、一ノ関さんが破り取るところを、私は見たんです」

久住が決意を秘めた目つきで言った。

「倉内も、1211の存在に気づいていたんです」私は太一郎と宇野に言った。

「そしておそらく、そのせいで倉内は殺された」

私以外の三人が、いっせいに息を飲む音が聞こえたような気がした。

「倉内君は自殺だったと、警察も公式に認めたはずですが？」太一郎が私の発言に不快感を示した。

「私には異論がありますが、それは後ほど話します」私は話をもとに戻した。「一ノ関さんは、私にあのノートを送ることになっていました。最後のページに、1211と書かれているのを見つけ、やむなくそのページだけを破りとったのでしょう。1211の1は、一ノ関の1かもしれない」

宇野は低いうなり声を上げた。

「一ノ関の動機がわかりません」太一郎は首をかしげた。「一ノ関には、産業スパイに手を染める理由がありません」

「おっしゃるとおりです。一ノ関さんにはまったく動機が見当たらない。それは清川所長についても、牛山副所長についても、同様です」

クワバでの将来が保証されている者には、産業スパイなどを犯して、将来をリスクにさらす理由がないのだ。

「どうも話が遠回りしているようで、いらいらする」宇野はジャケットのポケットに手を突っ込んだ。「安藤、いったい何が言いたいんだ？」

太一郎もうなずいた。「私にも話の着地点が見えないのですが」

私は天を仰いだ。「ストレートに話さないのは、待っているからです」

「何を？」と宇野。

「宇野」私は宇野をまっすぐに見た。「おまえが自分から話すことだよ」

太一郎と久住の動きが、凍りついた。

宇野が、笑いを途中で止めたような、奇妙な顔つきで言った。「何を言ってるんだ？探偵ごっこのあげくに、犯人のでっちあげか。会長に会いたいと言うから、許してやったのに……。まったく、恩を仇《あだ》で返された気分だ」

「そもそも競馬場で、カグラを『帝都大の圃場で管理しろ』と言ったのは、おまえだ。圃場荒らしで盗まれなかったのは、おれがめんどくさがって、カグラの原木を帝都の圃場に移植しなかったからだ。いくら安全だと言っても、おまえはやけにカグラの場所を知りたがったな」

「あたり前だろう、カグラの原木はたいせつだ」

「久住さん」

私に名前を呼ばれ、久住がびくりとした。

「帝都の実験室で、カグラの培養細胞をスレッドウイルスでコンタミしてしまったことを覚えていますか？」

「あ、はい」久住があのときの失敗を思い出したのか、消え入りそうな声を出した。

「あのことを、ほかの誰かに話しませんでしたか？」

「特に誰かに話したという覚えは……」

「宇野に話しませんでしたか？」

「もちろん宇野さんには、毎日あったことを日報としてメールしていました」

そこまで言って、久住ははっとしたように口元を手で押さえた。

私は微笑みながらうなずいた。

「カグラが狙われ始めたのは、あのコンタミから後のことです。

つまりカグラを狙う連中は、スレッドウイルスとカグラの関連性を、あのコンタミのタイミングで知ったのです。そして私は拉致され、監禁され、暴行され、脅迫を受けた。カグラのありかを吐け、とね」

「おまえ、充分なエビデンスもなしに、その程度の憶測だけで、おれを告発しようというのか？」

土色をしている宇野の顔が、心なしか蒼ざめて見えた。

「暴漢に襲われた後、おれの意識を奪った薬はなんだったのだろう、と思い、調べてみました」私は宇野の抗議を無視して続けた。

「いくつかの物質が候補に残りました。その後、会長が襲われたときにも、何かを注射されたと聞いて、ある有力な候補にたどりつきました。

「だが、私は気を失わなかった。それで拉致されずにすんだのです」

私は太一郎にうなずいた。「ポイントはそこです」

「何だったんですか？」黙っていた久住が、しびれを切らしたように言った。「安藤先生の気は失わせるけど、会長には効果がない。そんな都合のいい薬があるんですか」

「あるよ」私は久住に答えた。「インスリンだ」

太一郎の表情がこわばった。

「血糖値を抑えるホルモンであるインスリンは、今さら言うことでもありませんが、糖尿病の治療に用いられています。

糖尿病患者が用いるインスリンを、正常な血糖値の人間に注射すると、重篤な低血糖症を引き起こします。つまり、私がそうなったように、急激に血糖値が低下して気を失うのです」

「マラソンなんかで急にエネルギーが足りなくなる、ハンガーノックみたいなものですか？」久住が口をはさんだ。

「そうだ」私は久住に答えて、太一郎のほうを向いた。「会長は糖尿病をわずらっていらっしゃるんじゃないですか？」

私の質問に、太一郎はうなずいた。「お恥ずかしい話だが、世間はもちろん、会社の連中にも隠しています。経営者の健康状態というものは、ときとして攻撃対象になるものでしてね」

「それで連中の注射は、会長には効かなかったのです」

私は宇野のほうを向いた。

「宇野。おまえも糖尿病だよな？」

宇野は答えようとしなかったが、私はかまわず話を続けた。

「あれほど酒の好きだったおまえが、最近はソフトドリンクばかり飲んでいる。決定的だったのは」

私は宇野のポケットを指差した。

「最近おまえがいつも持ち歩いている、そのスティックシュガーだ。糖尿病患者は、低血糖症の発作に備えてスティックシュガーを持ち歩くそうだな」

私はそのことを、つい先ほど武田十介から教えてもらったばかりだ。

「私の知り合いで、最近スティックシュガーを持ち歩いている者がいます。理由はなんでしょうか？」と尋ねると、武田は「糖尿病でしょう」と明言した。

糖尿病には自己免疫が関係する1型と遺伝・生活習慣などに起因する2型があり、2型糖尿病を遺伝子レベルで根治することが、武田研の重要な目標の一つなのだという。

「私も医者から言われて、飴玉《あめだま》を持ち歩くようにしている……」

　太一郎が呆然とした表情で言った。

「糖尿病の患者はゴマンといるし、インスリンの作用なんて、おれだけじゃなく、誰でも調べることができる」宇野は、そう言いつのった。「言うまでもなく、おれは安藤を襲ってはいないし、会長を襲った犯人が別にいるのは、ガードマンが目撃している。おれ以外の誰かを、疑うべきじゃないかね」

「一つ一つをとれば、確かにそうかもしれない。だが、カグラの原木のありかや会長の動向を知っていて、なおかつインスリンに関する知識があり、またインスリンが簡単に手にはいる人間となると、きわめて限られる。それに……」

　私は大きく息を吸い込んでから、つけ加えた。

「倉内の実験室に、夜中、防犯カメラをかいくぐって出入りできる人物もな」

　久住がうめき声をあげ、壁際まで後ずさった。

「インスリン・ショックに見舞われて意識を失っているときに何かされたら、誰だってひとたまりもない。倉内に抵抗の跡がいっさいなかったのは、低血糖症で気を失っていたからじゃないのか？」

　久住の顔からは、すっかり血の気が引いていた。

「警察は、なぜわからなかったのです？」太一郎が気色ばんだ。「検視をすれば、すぐわかるはずじゃないですか」

「かつては豚インスリンなどが用いられていましたが、最近のインスリン製剤はヒト・インスリンでできています。インスリンはだれの体にもある生体内物質ですから、死亡直後に検査をしても、異物として検出されません」

　宇野は黙ったまま、かたく唇を引き結んでいた。

「だったら倉内さんの体には、注射の跡が残っていたはずじゃないですか。どうして警察はそれを見逃したんですか」

　久住は、怒りのためか身を震わせながら、手のひらで頰の涙を拭いた。

「倉内が死んだ場所が問題なんだ」私は久住に言った。

「おそらく注射器の跡ぐらいは、見つかっていたんじゃないかな。だが死んだ場所が、クワバの実験室だ。実験室には、ピンセット、メス、注射器などの実験器具が大量にある。仮にそのような傷跡があったとしても、それが研究者ならばさほど不自然ではない。自殺という状況が状況だけに、鑑識から見すごされた可能性は高いんじゃないか」

「ちょっと待ってくれ」しばらく黙っていた宇野が口を開いた。

「そんな推測だけで、おれを殺人犯に仕立てるのか。一ノ関はどうなんだ、やつだって同じことができたはずだろう」

「ウーノ」

私は、宇野の名字をあえて間延びして発音した。

宇野の顔色が一瞬で変わった。

太一郎も久住も、怪訝な表情を浮かべている。

「スペイン語などのラテン語系の言葉では、ウノは数字の1という意味だ。1211の1とは、宇野、おまえのことを指すんじゃないのか？」

「ふ、ふざけるな！」宇野は完全に逆上した。「だったら、太一郎の1かもしれないし、牛山慎一の1かもしれないじゃないか」

1が多すぎる、か……。この場にふさわしくないのんきな感想が思い浮かんだ。

「安藤先生は、何をお望みなのですか？」太一郎が静かに言った。

「犯人を探し当て、逮捕することが目的ではありません。これまでの言動から、宇野が一連の事件に関わっているのは間違いないと思いますが、首謀者かどうかはわかりません。

ただ、とにかく時間の余裕がないんです。

トマトの開花前に対処しないと、日本中、いや世界中の植物が壊滅的な被害にあう。だから、これ以上宇野に邪魔されたくないんです」

「開花前？　どういうことですか？」

太一郎が冷静にきいた。

たしかにスレッドウイルスの本質を知らなければ、なぜ開花が問題なのかはわからない。

「あのウイルスは、単なる遺伝子操作ウイルスではないのです」

私は里中との約束を破って、太一郎にスレッドウイルスの真実を告げた。

「そのような重大な事実が、なぜ公になっていないのでしょう。当事者である我々にすら知らされていない……」

太一郎は苦々しげな表情で言った。

「農水省が情報を抑えているんです。対処法もないのに公表などしたら、大パニックを招きます」

突然、窓際でガタンと大きな音がした。

音のした方向を見ると、宇野がその場に座り込んで両手で頭を掻きむしっていた。

「おれは、知らなかった。おれは……」がたがた震えている宇野の口から漏れる言葉は、ほとんどうわ言に近かった。「あのウイルスが、そんな恐ろしいものだとは聞かされていなかったんだ……。ただ、ちょっと作物の見栄えを悪くするとだけ言われていた」

「おまえは何を言っておるのだ」太一郎が宇野を一喝した。

宇野の声が、一瞬、引っ込んだ。

「倉内は……、倉内は」宇野が再びしゃべり始める。「今年のクワバの種子のできを確認するため、いつものように研究所の実験圃場でトマトを先行栽培していた」

まるで何かに急きたてられているようだった。宇野の胸の奥の深いところから、ひとりでに言葉が噴出しているように見えた。

「あいつはその苗が全滅したと言っておれに詰め寄って来た。だからおれは……」

「もう何も言うな、馬鹿者！」

太一郎が再び叱《しか》りつけ、宇野がそれ以上言葉を継ぐのを止めさせた。私には太一郎が宇野をかばっているようにも見えた。

今、はっきりわかったことが一つある。

それは、倉内は産業スパイの正体は宇野だと、はっきりと見抜いていたということだ。殺される前の夜、倉内が電話で私に伝えたかったのも、そのことだったのかもしれない。

私はグラッドストーンとピノートの関係をつかんでいることを、ここで話すべきか迷った。そして宇野には、必要以上の情報を与えないほうがよいと判断した。

「おまえは、いや、おまえたちは、なぜああまでしてカグラを手に入れたかったんだ？」

私はようやく落ち着きを取り戻しつつあった宇野に聞いた。

宇野は黙ってそっぽを向いた。

それ以上話す気はないという意思表示だろう。

「外にいる警察を部屋に呼んでくれ」太一郎が久住にそう命じた。

少しも達成感がない会合だった。それどころか、以前よりもはるかに敗北感に似た感情にさいなまれていた。

15

翌日、新聞にひと通り目を通したが、クワバ関連の新しい情報はなかった。宇野のことも記事にはなっていなかった。

テレビの番組欄や広告などを見ると、ワイドショーや週刊誌ではクワバを中傷する特集が相変わらず組まれていた。

「まるでヘンリー八世、鍬刃会長と六人の妻」という教養があるんだか、下品なんだかわからない見出しもあった。

私は新聞を閉じ、家を出た。

武田研こと分子細胞医科学研究所は、遺伝子レベルの医療を研究する一大施設として、この春に竣工したばかりだ。

けっして高い建物ではないが、医科学研究所キャンパスに広大な敷地を占めていた。表面は黒曜石のように鈍く輝く建材に覆われ、遮光性の高そうな真っ黒なガラス窓が、整然と並んでいた。

秘書に案内されて、最上階にある「分子細胞医科学研究所長室」と書かれたドアを開けると、デスクで仕事をしていた武田が笑顔で手を挙げた。

「まあ、そちらにおかけください」

武田はソファを勧めてにこやかに言った。

この日の武田は上等そうなシルバー・ストライプのスリーピースに、落ち着いた濃紺の隠しドット柄のタイを締めていた。一見するとやり手の若い経営者のように見える。

私は、秘書が運んできた香りの良いコーヒーに口をつけた。

「今朝もモモから電話がありました。安藤先生の案件をなによりも優先してほしい、と。本当はあいつ自身がここに来れば、話は早いんですがね」

武田はそう言って、苦笑いした。

モモちゃんが大学を訪問することなど、矢が降ろうが鉄砲が降ろうがありえないことは、彼もわかっている。

「現場に行きましょう」

武田は、自分の両足の間の床を指差した。

「エイブリー・スタジオはこの地下にあります」

そこは、四方の壁がコンクリート打ちっ放しで、天井が高く、鍾乳洞の中のように空気がひんやりと澄んでいた。

「安藤先生は記念すべき最初のゲストです。いやゲストじゃないな、テストランのパートナーでした」

武田の声が巨大な室内で、こだまして聞こえた。

「パートナーですか?」

「あれ、私、言っていませんでしたっけ?」武田が頭を掻いた。

「エイブリーのテストランとしてカグラの実験を行なうと、国や大学を説き伏せたのです。

病気の患者の細胞をテストなんかに使うと、人権問題でとてつもなくややこしいことになりますよ、と脅したら、彼ら、すっかりおじけづきましてね。

ですから山際研と安藤先生は、エイブリーのテストランのパートナーってわけです」

私は武田の剛腕に舌を巻いた。

武田のことだから、権利的に問題のないテストラン用の素材は当然用意していたはずだ。それをカグラとスレッドウイルスの解析に、切り替えてくれたのだ。

「スタジオ内は常時十五度に設定されています。寒いのでこれを着てください」

武田は、薄手のベンチウォーマーのような青いロングコートを私に手渡し、自分も同じものを羽織った。

広げて見ると、背中に「分子細胞医科学研究所」という、オレンジ色のロゴが入っていた。

武田は、スタジオの中央に、小ぢんまりと鎮座しているエイブリーへと案内した。

近くで見ると、エイブリーはせいぜいPCを十台合わせたほどの大きさで、巨大なポテンシャルを秘めたモンスターマシンには、とても見えなかった。

二人のエンジニアが、その周辺で作業を続けていた。

「想像していた大きさより、ずいぶん小さい」私は素朴な感想を言った。「もっと巨大なものをイメージしていました」

「ここにあるのはコンソールだけです」

武田は化学樹脂製の筐体《きょうたい》の表面を、ぽんぽんと叩いた。

「エイブリーは単一のマシンではなく、拡張性のある巨大なモジュラーシステムです。アニーリング型量子コンピュータは地下五階に、それと連結するフォン・ノイマン型コンピュータは、地下六階に収容されています」

「全体では、どのぐらいの大きさなんですか？」

「地下十階までのフロア全体が、エイブリーのモジュールを構成する予定です。地下七階以下のフロアは、システム拡張に備えてスペースを空けてありますが、もうすでに二つの次世代モジュールを収容するプランが進行中です」

ふたりでパイプ椅子に腰をおろした。武田は学生たちがよくそうするように、背もたれを前にしてまたぐように座った。

「エイブリーはいま、モモのラボから運び込んだサンプルを使って、スレッドウイルスの病理メカニズムを分析している最中です」

エンジニアの一人が武田に合図を送った。

「分析の結果が出たようです」武田がにこやかに言った。「まずカグリオンの振る舞いからです」

私が喉から手が出るほど欲しかったのは、エイブリーのこの分析結果《アッセイ》だった。カグリオンが、マイクロRNAとして、カグラの細胞核DNAの七か所から転写されることは、私がモモちゃんのラボで突き止めていた。

そのマイクロRNAがどのようにして、クロロフィルがリコピンに代謝されるのを阻止するのか？　そのプロセスさえ判明すれば、スレッドウイルスによるトマトの赤変枯死を止められるに違いない。

モモちゃんと私は、そういう仮説、と言うよりも期待を持っていた。

武田はエイブリーの前に立つと、キーボードをすさまじいスピードで叩き始めた。長髪であることも相俟《あいま》って、その姿は七十年代の野外コンサートでキーボードを弾く、ロック・ミュージシャンを彷彿《ほうふつ》とさせた。

キーボードの上には、五台の液晶モニターが横一列に並んでいた。そのうちの二台のモニター上をデータが高速で流れ、数秒経ってからぴたりと止まった。

武田は、再び踊るように体をくねらせてキーボードを操作し、画面上のデータをほんの二、三十行まで圧縮した。

「どうやらGGPSを作れなくするのが、カグリオンの機能のようです」

私は、すぐには反応できなかった。

その結論の意味することを、しばらく考察する必要があった。

GGPSとは、植物の細胞核DNAで作られる酵素タンパク質である。

トマトの実が緑から赤に変わるとき、すなわち実の内部で緑色の色素のクロロフィルが赤い色素のリコピンに置き換えられるとき、GGPSがきわめて重要な役割を果たすことが知られている。

GGPSが働くためには、細胞内からクロロフィルのある葉緑体へと移動する必要がある。逆に、もしもGGPSが細胞内になければ、あるいは生成されても葉緑体に運ばれなければ、クロロフィルがリコピンに代謝されることはない。

「RNAインターフェアですね」武田が言った。

「GGPSは酵素、つまりタンパク質ですから、いくつかのアミノ酸が重合してできたものです。それらのアミノ酸は、植物の細胞核DNAから転写されたRNAの指示によって作られるわけですが、カグリオンはその大もとのDNAとハイブリを起こしてくっつき、指示書たるRNAを転写できなくしてしまうんです」

要はカグリオンは、GGPSを作るための遺伝子に、ぴったりと貼りついて蓋をしてしまう、ということだ。

こうしたマイクロRNAの働きはRNAインターフェア、つまり、「RNAによる阻害」と総称されている。

私は呆気にとられた。エイブリーは、カグリオンがカグラ果実の成熟をストップさせるメカニズムを、あっさりと解明していた。

「ではお待ちかねの、スレッドウイルスの病原物質に移りましょう。実はもう未知の病原物質は突き止めてあります」

「ほんとですか?」私は驚いて聞き返した。

「スレッドウイルスから切り出した未知の遺伝子に、二日がかりで、エイブリーを使った無細胞タンパク質合成をやらせました」

武田がデータを示して言った。

「作られた物質は分子量約４５００、一般にはタンパク質というより、ポリペプチドと呼ばれている分子サイズです」

通常の分析《アッセイ》では数週間かかる作業を、エイブリーはたった二日で行なっていた。

「この物質とモモが特定した病原物質の分子構造を比較したところ、完全に一致しましたよ」

「ということは、スレッドウイルスの病原物質は、未知の遺伝子が作る、分子量約４５００のポリペプチドというわけですね？」

私がたずねると、武田が満足そうにうなずいた。

「次は、この病原物質の振る舞いを確認しましょう」

武田はエンジニアに目配せをした。

するとモニター画面が切り替わり、別の記号表が現れた。

「リコピン産生のスターターとなるＧＧＰＳを作る遺伝子は、根、葉、茎、果実を問わず、すべてのトマト細胞核ＤＮＡに存在しています。通常は果実以外の細胞核ＤＮＡでは、ＧＧＰＳを作る遺伝子のスイッチがオフの状態にある。だからトマトの葉や茎は成熟しないわけですよね。

ということは、逆にこのスイッチがオンになると、たとえ葉や茎であってもGGPSが作られ、リコピンの生成が始まります。安藤先生には釈迦に説法ですが」

「いいえ、どうぞ続けてください」私は武田に先をうながした。

「スレッドウイルスの病原物質は、葉や茎の細胞核DNAにあるGGPS遺伝子のスイッチを、強制的にオンにします。見てください」

武田はモニター上のデータを指し示した。「その証拠に、スレッドに感染した果実では、細胞核遺伝子のメカニズムに変化が生じています。……安藤先生、どうかしましたか？」

武田が心配そうな声で言った。

「なんでもありません」私は喉から声を振りしぼった。「ただエイブリーのスピード感に圧倒されまして……」

「無理もありません、世界最速のマルチタスクマシンとのファーストコンタクトなわけですから」続けて武田が遠慮がちに言った。「このスレッドウイルスの病原性ポリペプチドに、名前をつけさせてもらえませんか？」

武田家の双子は、名前を揃《そろ》いも揃って、ネーミング好きのようだ。

「もちろん、かまいません」

「そうだな」武田は、左の頬に手の平を当てて考え込んでいたが、やがて両手を打ち鳴らした。「リコピン産生遺伝子を強制的に覚醒させるポリペプチドということで、〝enhancing lycopene polypeptide〟、略してELPではどうでしょう?」

「ELP。シンプルでいいんじゃないでしょうか」

武田とエイブリーが突き止めた病変物質ELPの働きは、以下のようなものである。ELPは、GGPSを作る細胞核遺伝子のスイッチを、根、葉、茎を問わず、強制的にオンにする。

そして作られるGGPSの働きによって、トマト植物体の全身にあるクロロフィルが、次々とリコピンに代謝されていく。最終的には植物体の全身がリコピンで満たされ、真っ赤になり、光合成機能を失って枯死に至る。

ここにきて、私は恐ろしい確信を持った。

多少の例外はあるものの、クロロフィルはすべての植物が持っている。ということは、スレッドウイルスは、あらゆる植物を対象としうるのだ。

すなわちスレッドウイルスは、抗原ドリフトを起こして、トマト以外の他の植物の細胞内に入り込む方法を、見つけさえすればよい。そうして細胞核DNAに強制的にGGPSを作らせ、葉緑体のクロロフィルをリコピンに変えてしまえば、容易にそれらの植物を滅ぼすことができる。

私は腹の底が冷たくなるのを感じた。スレッドウイルスによる想像上のパンデミックが、生々しい現実に変わりつつあった。

ここまで解明できた礼を武田に述べてから、私はこう言った。

「スレッドウイルスに感染したトマトの茎や葉にカグリオンを投与すると、葉や茎の葉緑体が復活することは、私とモモちゃんがすでに実証ずみです。だけど、それは実験室レベルでのこと。実際の農場で被害対策として活用するには、問題が山積みです」

武田はそれには答えず、立ち上がって、一つ大きく伸びをした。

それから「少し休憩しましょうか」と言った。


研究所一階には、大手カフェチェーンの店が入っていた。

我々は、その一番奥の隅の席に座を占めた。

「この先、カグリオンをスレッド対策として使う場合、三つのハードルがあります」

と私は単刀直入に言った。

タイムリミットは一週間強に迫っていた。絶望的な気分だったが、もちろん私はまだ諦めてはいなかった。

武田にも、おおよその予想がついているようで、コーヒーカップを口に運びながら軽くうなずいた。

「モモからもそれとなく聞かされています。ただ私は植物にはうといので、具体的にお聞かせいただけますか」

「まずはカグリオンがマイクロRNAだということです。RNAはきわめて不安定な物質ですから、水溶液にして投与したとしてもすぐに土中で自壊してしまい、ほとんど効果が期待できません」

高等生物の多くがRNAではなくDNAを遺伝子の担い手としているのは、DNAのほうが、RNAよりもはるかに安定しているからだ、と言われている。

RNAは、裸の状態では数時間と安定していられない。

「第二に、レトロウイルス化したスレッドは、逆転写酵素を使って、宿主の遺伝子を書き換えます。仮にカグリオンに薬効があっても、その投与を中止した途端、すぐにウイルスが優勢になって、元の症状が復活してしまいます」

スレッドに感染したトマトは、全身の細胞に病原遺伝子を植えつけられ、病原物質ELPを自ら作り続ける。カグリオンの投与は一時的な対症療法にしかならず、トマトの病気は根治しない。

「最後に、カグリオンを健常なトマトに投与してしまうと、果実が熟さなくなってしまう、という問題があります」

武田がカップを手にしたまま、眉をひそめた。私は説明を加えた。

「トマトは食品です。しかし未熟なままでは、食品としての価値はほとんどありません」

「つまり、スレッド感染トマトだけにカグリオンを吸収させる方法を見つけなければならない。そういうことですね?」武田が言った。

そのとおりだ、と私は肯定した。

別の可能性も頭をよぎったが、武田にはふせておいた。

もしかするとスレッドウイルスが抗原ドリフトを起こして、その被害が他の植物にまで広がる前に、まずはトマトだけでも絶滅させて、スレッドウイルス禍の拡大を止めるべきかもしれない。

その場合は、スレッドウイルスの真実をいますぐ公表し、全世界のトマトをすべて焼き払うことになる。だが、本当に他の方法はないのか?

武田が沈黙を破った。

「かつてフランスでは、ワイン用の葡萄《ぶどう》が病気でほぼ全滅したことがある、と聞いています。ワイン好きの仲間が、よくその話をするのです。そのときは、アメリカからフランス人が三流とバカにしていた苗を移植し、フランスの葡萄酒産業はなんとか復活しました。

同じように、きっと日本のトマト産業を救う手はある。私は、そう信じています」

武田は晴れやかに笑った。

彼もまた、苦難を前にすると余計に燃え上がる性格のようだ。

「同感です」

必ず突破口を見つけることを約束しあって、武田と別れた。


「兄貴とはうまくやっているの」

その夜、珍しくモモちゃんのほうから、電話をかけてきた。

「十介先生ともエイブリーとも、うまくやってるよ」

私は実験の状況を、詳しくモモちゃんに説明した。

「問題は三つのハードルだ」

「課題をばらばらに捉えていては、きっとだめでしょうね」モモちゃんが私を諭すように言った。

「生命というものは統一的なシステムよ。生命を考えるときは、決して部分に還元してはいけない」

「還元主義で考えるな、か」

モモちゃんの言うことは、もっともだった。

「モモちゃんの天才的な頭脳の力を借りたい。近いうちに、十介先生や農水省の里中と一緒に、モモちゃんの研究室に行きたいんだけど、だめかな？」

「農水省はいらないでしょ。あの女には、絶対来てほしくないんだけど」

「報告の手間をはぶくためだ。そんなこと言ってないで、緊急事態だと思って見逃してくれないか？」

「ははん、わかったわ。わざと農水省をあたしの家に連れてきて、妬《や》かせようって魂胆ね」

私は一瞬絶句した。

「そう思ってくれても、かまわんよ……」

「……たく。少しは付き合ってよ。了解。仁ちゃんが、連れてきたい人は全員どうぞ」

「ありがたい」

電話を切ろうとしたが、モモちゃんはまだ会話を続けた。

「あたしね、ずっと考えていることがあるのよ」モモちゃんは、どこか憂いを感じさせる声でつぶやいた。

「カグラとスレッドウイルスが、ほぼ同時に地上に出現したのは、単なる偶然じゃないんじゃないかって……」

モモちゃんの意図が読み取れなかった。

「カグリオンはトマトの葉緑体のスイッチをオンにしようとする。一方のスレッドウイルスは、トマトの葉緑体のスイッチをオフにしようとする。カグラはスレッドに感染したトマトの根、葉、茎を緑色に戻し、スレッドはカグラの実を赤くする。

オンとオフ。

スレッドって、より糸って意味だって教えたでしょう。

カグラとスレッドは、時空を超えてより糸のように撚《よ》り合わされた、表裏の存在なんじゃないか、ふとそんな風に感じたのよ」

「それが自然の力ってものかな」

「そうね、自然の力ね」

それから互いに、おやすみ、と言って通話を切った。

だが数分後には、私の睡眠を邪魔する電話がかかってきた。

16

電話の声はひどく混乱していた。そのせいで声の主がクワバの牛山だとわかるまで、少し時間がかかった。

「先日の会長の言葉を取り消します。カグラの研究を即刻中止してください」牛山の声は切迫した調子だった。

「落ち着いてください、いったいどうしたんですか?」

牛山は、あの日病室にはいなかった。だから私は、牛山が何か重大な勘違いをしているのだと思った。カグラの研究は、クワバが、スレッドウイルス拡散の汚名を自らの手ですすぐ、ほぼ唯一の方法だった。

「研究の中止がありえないことなのは、会長もよくご存じのはずですが？」

私は努めて冷静に言った。

電話の向こうから、牛山の荒い息遣いが聞こえてきた。

「真理さんが、久住真理さんが誘拐されたんです」

私は慄然《りつぜん》とした
「なぜ彼女が？」

「私にもわかりませんよ。でも真理さんが縛られている動画とともに、犯人の要求がつきつけられました。それがカグラの研究をただちに中止することです。彼女を解放する条件は、カグラの果実と原木との交換です」

「わかりました」私は唇を舐めて言った。「まずはクワバのみなさんと、合流したいと思います。牛山さんたちはどちらに？」

「会長の自宅です」

「退院されたのですか？」

「ええ、今日の午後に。先生は、ご自宅をご存じですか？」

「大田区《おおた》の山王《さんのう》ですよね？」

「そうです」

「この件、警察には？」

「犯人は、警察に話せば真理さんの命はない、言うてるんや。言えるわけないやろっ！」牛山は、興奮をほとばしらせるように言って、すぐに謝った。「すんまへん、つい取り乱してしまいました」

「いえ、気になさらないでください」

久住の誘拐までやるとなると、連中はもはや何をしでかすかわからない状態だと考えて良いだろう。警察に通報すれば、久住は殺されるかもしれない。

「事情はわかりました。果実と原木を確保して、そちらに向かいます」

「ちなみに取り引きは、明日の朝四時半、品川埠頭《しながわふとう》公園の野球場です」

野球場と聞いて、私を襲ったのと同じ連中だろう、と想像した。

まずはモモちゃんのラボへ向かった。中古のボルボは大学に駐めっぱなしだったので、タクシーを飛ばした。

牛山がさらに話したところによると、久住はウィークリーマンションを引き払い、つくばの住まいに戻ろうとして、秋葉原《あきはばら》の駅へ向かっていたという。私と同じようにインスリンを注射されたのかもしれない。あるいは非力な女性と見て、強引にミニバンに連れ込まれた可能性もある。

「運転手さん、急いでくれ」

タクシーがいつも以上に遅く進んでいるように感じられた。


「どうしたの、血相変えて」

モモちゃんは、パジャマにガウンを羽織った格好で私を迎え入れた。「顔の傷はだいぶ良くなったみたい。ただその様子だと、傷が治った途端あたしに会いたくてたまらなくなった、って感じじゃなさそうね」

「カグラの原木と果実をクワバに戻すことになった」

「え……」

顔を曇らせるモモちゃんに事情を説明した。

「全くドン臭い女ね」

モモちゃんが吐き捨てるように言った。

「カグラの研究は、ただの科学実験じゃないのよ。そうしないと人類の、いえ地球上の全生命が危険にさらされるんだって、兄貴の最先端の施設まで動かしたのは、あんたなのよ。あたしだって南仏への旅行をやめたんだから。

何が大事かを天秤《てんびん》にかければ、そんな不用意な小娘よりも、地球上の全生命じゃない？」

私は黙り込むほかなかった。

モモちゃんが抵抗するのは、もっともだ。

そもそもカグラの原木は、それ自体が一種の重要機密と言ってよいものだ。得体の知れない連中に渡すわけにはいかない。

だが……。

呻吟《しんぎん》している私の様子を見て、モモちゃんが大きなため息をついた。

「仕方がないわね、まずはそのドン臭い小娘を助けましょう。だって殺されたりしたら、寝覚めが悪いもの」


カグラの原木と果実を確保すると、私はラボの近くでタクシーを捕まえ、山王の会長宅へ移動した。

到着は、やはり真夜中過ぎになった。鍬刃邸の正面玄関前には、病室のときと同じように、制服警官が今度は二人、椅子に座って警備にあたっていた。おそらく勝手口も警備しているに違いない。

ものものしい警戒のなか、ドアホンを鳴らすと、牛山が玄関まで迎えに出てきた。

「会長が、応接室で待ってます」

「ご家族は？」

「宇野の件があって、ちょっと物騒な感じになりましたんで、今はご実家のほうに帰ってもらってます」

そう、宇野だ……。

宇野はどうなったのだろうか。

多くの疑問と困惑を抱えたまま、太一郎と再会した。あれからまだ二日しかたっていなかった。

「カグラは牛山さんに渡しました」私は言った。

「ありがとう」

太一郎は、革張りの椅子に座ったまま、鷹揚《おうよう》に礼を言った。顔には疲労の色が濃い。頬も病室で見たときよりも、やせ細っていた。

私は、太一郎の前のソファに座った。

グラッドストーンの正体がピノートだと、太一郎にまだ告げていないことを思い出した。だが久住が誘拐されている今は、それを言うべき時機ではないように感じた。

「現場には、だれが行くのですか？」

「この警備のなかでは、残念ながら私は動けません。いずれにせよ、もう一度、指示の電話があるそうです」太一郎が答えた。

牛山が、赤い飲み物の入ったグラスを手に、部屋に入ってきた。品質のいいトマトだけを選んで作られる、クワバのプレミアム・トマトジュースだった。

口に入れると、酸味、甘味、旨味が絶妙なハーモニーを奏でながら、のどを流れ落ちた。一気に飲み干して、空になったグラスを眺めた。

私はトマトのない世界を想像し、喪失の哀しみに戦慄した。

沈黙の中しばらく逡巡していたが、意を決してこちらから切り出した。

「その後、宇野はどうなったのでしょうか?」

太一郎は何も言わず、代わって牛山が、「まだ取り調べが続いていますが、警察は、まだ殺人事件の被疑者として立件できるような証拠がない、言うてます」と答えた。

牛山は続けて、「警察に残っていた倉内の血液サンプルを調べたところ、やはり倉内の血糖値は正常値よりもかなり低かったようです。ただそういうものには個人差があるので、なかなか決定的な証拠にはならんとかで」と言った。

「注射針のほうは?」私は聞いた。

「とくには、聞いてません。インスリンについても、担当の刑事さん、村口さんいいましたかな、その人が好意で教えてくれたようなもので、先方には情報を開示する義理はありませんから」

宇野がシラを切り通せば、無罪になるかもしれないと思ったが、口には出さなかった。

「それと警察の調べで、宇野の口座に五千万円が振り込まれとったことがわかりました。ただ送金ルートが巧妙に隠蔽されとって、送金者が特定できんそうです」

グラッドストーン、いやピノートのやることだ。送金ルートを簡単にたぐられるようなことはしないだろう。

「なぜ宇野は、産業スパイなどやったのですかね」

私はかねてから宇野を知っているが、金のために身を持ち崩すようなタイプには見えなかった。

「バカな男ですよ、あれは」太一郎が不意に吐き捨てるように言った。「どうやら暴力団がらみのようです」

「そんな危険な組織と付き合いがあったのですか」私は驚いた。

「武陵会《ぶりょうかい》から直接、金を借りていたらしいです。競馬のノミ行為に手を染めていたようで、一千万を超える借金があったそうです」

「武陵会……」その世界についてうとい私でも、それが関東で非常に有名な暴力団の名称であることは知っている。「すると今、久住さんの身柄を拘束《こうそく》しているのも……」

私の憶測に対して、牛山が大きくうなずいた。

私は、野球たち三人組の顔を思い浮かべた。といっても、目鼻だちは思い出せない。街の明かりに照らされた、無人の校舎。暗闇のなかに、ひどい殺意ばかりが渦巻いている。

やつらも武陵会の構成員なのだろうか。

牛山のジャケットの内ポケットで呼び出し音が鳴った。牛山がすかさずスマートフォンを取り出して、耳にあてる。一分ほど話していた。牛山は、ほとんどうなずくばかりだった。

「わかりました。そうしましょ……」最後は諦めたように電話を切った。

「なんて言ってました？」私は聞いた。

「安藤先生、ご指名です」

「どういうことでしょう？」

「犯人は安藤先生に、私と一緒にカグラを持ってくるようにと言うてます」

どこからか野球の哄笑《こうしょう》が聞こえたような気がした。顔の造作を思い出せない男が、なぜか勝ち誇ったような表情を浮かべていることだけはわかる。

「ご迷惑をおかけしますが、先生、なにとぞ……」

私に頭を下げると、牛山に付き添われて太一郎は奥の寝室へ下がった。体力が限界にきているのは明らかだった。

さらに静かになった部屋で、戻ってきた牛山と私は、このあとの段取りを確認した。

「カグラを持って行かない、というのも、一つの選択肢ですよね」私はひとり言のように言った。

「なんですと？」牛山の顔が蒼ざめた。

私は、とくに説明しなかった。しかし、もちろん彼にも私の考えはわかっていた。

我々がカグラを必要としているのは、全世界の植物を救う力を秘めているからだ。

他に可能性のある手段が見つかっていない以上、おめおめと他人に差し出したくはない。

「真理さんに犠牲になれと言われるんですか」

「いや……」私は首を振った。「しかしカグラも守らなくてはいけない。最後まで両方を救う方法を考えましょう。たとえば、普通のトマトの木を差し出して、時間を稼ぐという方法もありえる」

「危険ですな。バレたら、それまでです」

牛山のスマートフォンがまた音をたてた。先ほどとは違う種類の音だ。

「ショートメッセージが届いたようです……」

画面を見た牛山の表情が凍りついた。「これは……」

「どうしました？」

「こんな写真が届きました」

牛山が画面をこちらに見せた。狭い場所に座っている久住真理が映っていた。通勤に着ていた、かっちりとしたシャツにロングスカート。帰宅途中に拉致されたことを裏づける格好だ。

手にプラカードのようなものをもっていた。そこに書いてあるのは、四つの数字。

「ちょっと貸してください」

私は牛山のスマートフォンを手にした。

おそらくプリペイドSIMを使っているのだろうが、着信履歴には番号が残っていた。こちらからも連絡は可能、ということだ。万一に備え、私は番号をメモした。

私はスマートフォンを操作して、数字が書かれている紙の部分をアップにした。もう見間違えようがなかった。

《1211》

この数字が、クワバの産業スパイに結びついていることを知る者は少ないはずだ。

「これでニセモノの苗木をもっていく案はなくなりましたな」と、牛山は、むしろせいせいしたように言った。

私はうなずくしかなかった。

それから牛山と私は、指定時間である明け方まで応接室で仮眠をとった。

といっても、ほとんど眠れなかった。

最後のパズルのピースと言っていい、「１２１１」という数字について考えていた。素因数分解すると７×１７３だが、そこに意味があるとは思えない。

応接室の本棚に、日本文学全集が揃っていた。芥川龍之介《あくたがわりゅうのすけ》、森鷗外《もりおうがい》、夏目漱石《なつめそうせき》、谷崎潤一郎《たにざきじゅんいちろう》といった名前が見える。漠然と、それらの名前を頭のなかで読み上げた。

思考が暗礁に乗り上げたときの、私の癖だ。まるで無関係なものを頭のなかで列挙すると、なぜだか頭がリフレッシュする。

「あ……」

勝利の女神が空中から舞い降りて、私に手を差し伸べた。

私はスマートフォンを取り出して、モモちゃんに短いメールを打った。

会長の自宅から品川埠頭公園野球場までは、車でおよそ十五分の道のりだ。

牛山がＢＭＷを運転し、私は助手席に座った。ナビを起動するまでもない。海岸通りまで下りて、品川方面に向けてしばらく走ると、ほとんど信号に止められることなく目的地に到着した。

時計は、四時十分。牛山は人目につかない場所に車を駐めた。外に出ると、湿気を帯びた潮風で少し肌寒かった。

球場は門扉の常夜灯がぼんやりと光っているだけで、グラウンドは漆黒の闇に覆われていた。八十メートル四方の敷地は柵で囲まれており、出入口はしっかりと施錠されている。

先回りしてベンチあたりに潜んでいようかと思ったが、うまくいきそうもない。

牛山がカグラの木と果実入りのビニール袋を持ってきたので、とりあえず木だけを受け取った。

「どうしましょう?」

「常夜灯近くで影をさらしているのもよくないので、少し離れたところで彼らが来るのを待ちましょう」

管理棟の近くの薄暗がりに、石碑らしきものがあったので、その前に座った。

球場の真横には片側三車線の大きな産業道路が通っており、朝早くからトラックが頻繁に走っていた。

ほどなくして車の走行音が近づいてきた。時計は、四時二十分を指そうとしていた。

門扉の前に停まったワンボックス車から、三人の人影が飛び出した。門扉を閉ざしているチェーンと錠前を、道具で破壊しはじめた。けたたましい金属音が闇をつんざくが、気にする様子はまったくない。

門扉を開け放つと、再び全員車に乗り込み、そのままグラウンド内へと進入した。

しばらくしてエンジン音が消える。私のいる位置からは見えないが、グラウンドの中央に車を止めたのだろう。

不意にグラウンドのスピーカーが雷鳴のような音をたてた。牛山と私は、思わず耳を両手でおおった。

「安藤先生、安藤先生。物陰に隠れていないで、グラウンドまで出てきてください。すでにいらっしゃってることは、見張りから報告を受けています」

拡声器で声がゆがんでいるとはいえ、イントネーションや声色から、マイクに向かっているのは野球と思われた。

牛山からカグラの実の袋も受け取った。

「牛山さんは、車に戻ってください。何かあったら私を気にすることなく、会長宅まで帰ってください」

「わかりました」

牛山は、足音をしのばせて車のほうへと行った。

私は、破壊された門扉を通って、グラウンド内に入った。

その途端、あたりがまばゆい光に包まれた。

誰かがナイター用照明のスイッチを入れたようだ。闇に慣れた目には十分に明るく、視覚が一瞬失われた。

予想どおり、ワンボックス車は、マウンドの近くに止めてあった。その前に久住が立たされている。

彼女の真後ろにひどく背の高い男が立ち、その両脇をごく平均的な日本人体型の男二人が固める。全員黒ずくめの服装に、目出し帽を被っていた。ここまで来ると、もはや伝統芸に近かった。

日本人二人はおそらく、かつて廃校でまみえたコロンとゴミだろう。野球は照明や放送機器を扱うために、その場を離れているようだ。

「約束のモノはちゃんと持ってきたのだろうな」

コロンが大声で叫んだ。

「持ってきた。この通りだ」

私は原木と果実入りの袋を、少し持ち上げてみせた。

「持ったまま、こちらに来い」

「久住さんの解放が先だ」

「同時だ」

ゴミが久住の肘をとり、二人並んでこちらに歩いてきた。コロンが、少し後からついてくる。背の高い男は、車によりかかったまま、何もしない。言葉さえ発しない。

久住たちまで五メートルほどの距離にまで近づいた。彼女の唇が、「せんせい、ごめんなさい」と動いた。

気にするな、と首を振った瞬間、背後から疾風のような気配が迫ってきた。対応する間もなく何かが私の視界を妨げ、周囲が真っ暗になった。麻袋のようなものを被せられたらしい。

続いて原木と果実を手からむしりとられた。

「申し訳ないね。今度は先生に人質になってもらう」

野球が私の耳元でささやき、私は後ろ手に縛られた。

「お嬢様には、またしばらく眠ってもらいましょうか」

サディスティックな調子で話すのは、コロンだ。

「女にはもう、インスリンはいらないだろ」野球が言った。「ただ目隠しして、ここに立たせておけば」

「うるさいな……」コロンが鼻をすする。「ということで、お嬢さん、もうしばらくの辛抱だ」

何も見えないままだったが、久住が抵抗むなしく、目隠しされているのがわかった。

「先生は、車のほうに進んでもらいましょう」

後ろから野球が強めにこづいた。

足元が見えないのは不安だったが、グラウンドには何も転がっていないはずである。

つまずくことはないと思い、普通の速度で歩いた。途中、久住の近くを通り、体温とともに、フレグランスの香りがほのかに伝わってきた。

「イッツ・オーケー？」

英語でたずねるコロンの声がした。

トマトに詳しいと思われる男が、短く「オーケー、これでいい」という意味の英語を話した。

彼らの気配がすぐ近くになったところで、野球が私の腕をひっぱり、「止まれ」と指示した。

「ドクター・アンドー。あなたには、トマトの赤変ウイルスをばらまいた張本人になってもらう」

英語で話しかけられた。背の高い男が話しているのは、明らかだった。

私は返事をしなかった。男の声をよく聞き取ろうと首を傾げたのを、相手は疑問の意味と取り違えた。

「トマトが気がかりですか？　大丈夫。トマトは我々が救うから」

神経質そうな話しかたを聞いて、私は確信した。かつて私は、この人物について詳しく調べたことがあるからだ。講演の様子を映した動画も、投稿サイトで繰り返し見た。

しかも私は「１２１１」の意味をすでに知っている。

「まさかピノートの幹部みずからお出ましになるとは思いませんでした」

私は英語で軽口を叩いた。

男たちが息を飲み、黙り込んだ。そう、私のすぐ近くにいる人物こそ、ピノート暗躍の仕掛人で、天才的な頭脳の持ち主のアレックス・エルフだった。

当のアレックスは、正体を見破られても、さしたる衝撃はなかったようだ。

「いや、安藤先生なら、おわかりだろうと思いましたよ」

「こんな朝から働くとは、勤勉ですね」

「いやいや。高名な安藤先生に産業スパイの汚名をきさせて、告白していただくのだから、丁重に迎えないといけないでしょう」

「そんな告白はしない」

「断れません。私たちの仲間は、農水省の彼女のすぐ近くにもいるんです」

「……」

「フォトジェニックな彼女を危険な目にあわせたくなければ、私の指示にしたがってください」

冷静になって考えると、悪い取り引きとばかりは言い切れない。

私の研究者としての生命、あるいはもしかしたら本物の生命と引き換えに、ピノート自らが本格的にスレッド対策をすると宣言しているわけだから。そこまで技術があるとも思えないんですが」

「ピノートにこの問題を解決できますかね。そこまで技術があるとも思えないんですが」


私が挑発すると、アレックスは鼻を「ふん」と鳴らした。

そのとき、だれかのスマートフォンがメッセージ受信の音をたてた。

「こんなときくらい、モバイルのスイッチは切っておきたまえ」

アレックスが英語で怒鳴った。

鍬刃邸で牛山に脅迫写真が送られてきたときに、メモしておいた脅迫者の番号を、モモちゃんに教えておいたのだ。

「切っていたはずなんですが」コロンが英語で答えた。

「メールは確認したほうがいい」私は日本語で言った。「できれば内容は見ずに直接アレックスに見せたほうがいい」

「お前の指示はうけない」

「やらないと後悔する。君たちの命に係わる問題だ」

私もメールの中身は知らなかった。しかし、ここは賭《か》けるしかなかった。

「何を日本語でごちゃごちゃとしゃべってるんだ？　話すときは英語を使え」

アレックスがイライラしたように、再び怒号を飛ばした。

「なんか写真が送られてきました」

コロンが英語でそういうのが聞こえた。

「ノオオ！」

アレックスが、憤怒《ふんぬ》の声をあげた。不意に胸に強い衝撃が走り、後ろへ飛ばされた。アレックスが蹴り飛ばしたのだ。激痛とともに肺から空気が失われ、息ができなくなった。

「なぜ、こんなことをする！」

アレックスは、転がっている私を、狂ったように蹴り始めた。呼吸ができず、しかも視界を奪われたまま何度も蹴られて、私はパニックに陥りかけた。このまま殺されるんじゃないか、という恐怖が、この日、初めて湧いてきた。メールの内容は、よほどの劇薬だったに違いない。

地面に転がる私の頭から、被せられていた袋が乱暴に剝ぎ取られた。

アレックスが私の胸ぐらをつかみ、上半身を強引に引き起こした。ワシのような顔が迫っている。怒りのためか、瞳が金に近い色に燃えていた。アレックスは不要になった覆面をかなぐり捨て、素顔をさらしていた。

「おまえたちは、必ず、つぶす。これで日本を諦めたと思うな！」

そう言い捨てると、私をもう一度地面に突き倒した。

それから野球たちに手短かに指示すると、全員がワンボックス車に乗り込み、走り去った。

マウンドのプレートのそばに、原木と果実が捨て置かれていた。

アレックスたちの姿が完全に消えても、私の心のなかの震えはすぐには収まらない。危機が去ったと確信するまでに、数分の時が流れた。

牛山と久住には、さらに長い時間が必要だったようだ。

二人が近づき、私の手を縛っている紐《ひも》をほどき終えたころには、すっかり日が昇っていた。

「ともかく、カグラを持って、この場を離れましょう。朝早い草野球チームが来るかもしれませんし」私は牛山に言った。

果たしてBMWに乗って野球場を離れようとしたとき、野球のユニフォーム姿の男たちが数人、門扉の前で騒いでいた。夜の間に行なわれた狼藉《ろうぜき》について議論しているのは明らかだった。

「ちょっと……」

近くを通りすぎたときに呼び止められたが、もちろん牛山は車を止めることなく、その場を離れた。

ふいに久住が嗚咽《おえつ》をもらした。今まで抑えていた恐怖感が、堰《せき》を切って流れ始めたらしい。

　私は彼女を抱き寄せると、泣くにまかせた。

　牛山に運転を任せ、帰りの車中から太一郎にまずは久住とカグラの無事を報告し、それからモモちゃんに電話した。

「どうだった」電話がつながるなり、モモちゃんが私に聞いた。「あたしの送ったメール爆弾？」

「絶大な効果だった。アレックスは発狂して、あやうく巻き添えをくらうところだった」

「あら、それは大変」

「どんな情報を送ったのだ？」

「それより、どうしてクワバの情報を探っているのが、アレックス本人だとわかったの？」

「簡単な符丁《ふちよう》だったんだ。高校生のときに潤一という名前の同級生がいた。親が読書好きで、谷崎潤一郎にあやかってつけられた名前らしい。おれたちは、彼に『イレブン』というあだ名をつけた。潤一が『十一』に聞こえたから、我々はそれを英語にしたんだ」

「それで？」

「このことを思い出したとたん、『１２１１』の謎がとけた。クワバでは、あの数字を『ワントゥワンワン』と呼びならわしていたけど、正しくは『ワントゥイレブン』だったんだ。トゥは前置詞のＴＯ。アメリカの若い子のくだけた表現では、ＴＯの代わりによく2が使われる。つまり『1から11へ』という意味だ」

「ふうん」

「ワンは、すでに宇野だろうとは見当がついていた。スペイン語で1は『ウーノ』だから」

「で、イレブンは？」

「ドイツ語で、11は『エルフ』だ。英語のイレブンにあたる言葉だな。そしてアレックスはドイツ系アメリカ人。まったく隠してなんかいない。そのものずばりの表現だったんだよ」

「それで、あんな指示を出したのね。アレックス・エルフの弱点を探しておいてくれ、と」

「ああ。今日いきなり結果が出るとは思っていなかったけどね。それを使って、もう一度カグラを取り戻すくらいの算段だった。で、何を送ったのだ？」

「思い出すのもおぞましいもの。ああいう自信過剰なやつに限って、情報の防備が甘いのね。個人用のＰＣに簡単に侵入できたわ。そしたら、出てくる出てくる」

「何が？」

「小さな子供たちとの写真。タイやカンボジアによく旅行しては、貧しい子を撮影していたみたい」

「ユニセフ的な美談に聞こえるが」

「そう。アレックスと子供たちが、裸でなかったならね」

「……」

「幼児性愛者だったのよ、やつは。で、ばらされたくなかったら、何もかも諦めて日本から消えろ、って写真とともにメールしました」

「しかし、やつを退散させたおかげで、ピノートが持っているかもしれない秘薬を使う方法はなくなったな」

「最初から、その線はなかったでしょ。悪徳企業に牛耳られたくないのは、みんな一緒だったから」

　鍬刃邸に到着すると、警備についていた二人の警官に、牛山が「ご苦労さまです」と挨拶し、牛山、久住、私の三人で、何食わぬ顔で邸内に入った。私は車中で二人に相談し、警察には届けないように頼んであった。

　太一郎の待つ応接室に入り、改めて久住の無事とカグラの確保を報告した。

「ご苦労さまでした」

疲労しきっている様子の太一郎の顔に、わずかながら生気が戻った。

それから久住をゲストルームで休ませるよう、牛山に指示した。

私もすっかり疲れ切っていたが、太一郎への詳細の報告が残っていた。それに警察へ被害届を出すのを待ってもらわなければならなかった。

「敵の正体はピノートの幹部、アレックス・エルフでした」

私が明かすと、太一郎は、驚いたように目を大きく見開いた。が、すぐに多くのことを理解したようだ。

「なるほど。産業スパイを仕掛けてきたグラッドストーンは、ピノートの隠れ蓑企業でしたか……」

「ただ、いくらなんでも、ピノートが組織ぐるみで今回の犯罪行為に及んだとは、信じがたいです」私は言った。「私は、すべてはピノート幹部のアレックス・エルフの暴走によるものだったのではないか、と考えています」

「アレックス・エルフ……」太一郎がおののきながら、その名を口にした。

「アレックスは、クワバの種子にスレッドウイルスを混入してクワバの信用を失墜させ、あわよくばクワバをバーゲン価格で買収しようとしていました。

さらには日本の農業を根本から揺さぶっておいて、混乱の中『白馬の騎士』として颯爽と登場し、スレッドウイルスに対する対抗策を提示する。そうして日本農業の救世主を気取りながら、その実、日本農業を陰で支配する。

やつらは、そんな青図を描いていたのではないかと思います」

太一郎の顔がみるみる赤くなった。ピノートとアレックスに対して、強い憤りを感じているに違いなかった。

「彼らが、農薬を使って、これまで開発途上国でやってきた悪行と同じではないか」

私は、できる限り冷静な口調で言った。

「我々は今まで、対岸の火事とばかりに、その悪行を放置してきました。そのツケが、ついに我々のところまで回ってきたんです」

太一郎は悲しげな表情でうなずいた。

「彼らのこれまでのビジネスは、強力な農薬と、その農薬に耐えられる遺伝子組み換え作物がワンセットになっていました。

これからピノートが日本で展開しようとしているビジネス、それはスレッドウイルスに始まる遺伝子操作ウイルスと、そのウイルスに対抗できる遺伝子組み換え作物がワンセットになっている、ということでしょう。運悪く、その最初のターゲットになったのがクワバだったのです」

「だが彼らがカグラを狙ったのはなぜです?」太一郎が震える声で言った。

「カグラはおそらく、アレックスの野望にとって、突然降って湧いた想定外の障害物、目の上のこぶだったのです」私はここで一拍置いてから続けた。

「アレックスは、スレッドを使って日本のトマトを、そして日本の農業を壊滅状態にし、さらには大陸までその影響を及ぼそうとたくらんでいました。まさにそのときに、クワバでの自然交配によってカグラという新種のトマトが偶然生まれた。しかも、それはアレックスの野望を阻止する巨大な可能性を秘めていた。

アレックスは、自分の誇大妄想的な野望を実現するために、この邪魔なトマト、カグラを事前に排除しておかなければならなかった。きっとそういうことだと思います」

「我々のカグラに、ピノートの野望を食い止める力が本当にあるのでしょうか?」

太一郎は、朝日を浴びる庭木に目をやって、しみじみとした口調で言った。

アレックスを追い払った以上、もはやピノートが持っているかもしれない、スレッドへの対抗手段を使うことはできなくなった。私たちがカグラを使って、自力で対抗手段を樹立するほかない。

「可能だと信じていますし、これから仲間たちと一緒に、スレッドへの対抗策を見つけるつもりでいます」そう思わなければとてもやっていけない。「それに関して、実はひとつ会長にお願いがあります」

「何でしょうか」

「昨夜の久住さんの誘拐事件について、しばらく警察には伏せておいていただきたいのです」

「それはまた、どうしてです？」太一郎が意外の面持ちで言った。

「届けるとなったら、私の関与を警察に言わないわけにはいかないでしょう。そうなると私の行動がいちじるしく制約されます。ひと通りのことが終わった後ならば、いくら制約されてもかまいません。でも今は駄目です。今はスレッドウイルス対策に全力を投じなければなりません」

「わかりました、いいでしょう」太一郎は納得してくれたようだった。

ピノートによる新種のウイルスを使った世界戦略という話は、論理的な考察にもとづく、一つの推論にすぎない。実際は、もっと恐ろしい可能性が残されていた。

ピノートが何の対策もたてないうちに、アレックスによってスレッドが悪用され、世界中の植物が危機にさらされているかもしれないのだ。

アレックスが、そのくらいイカれた人間であることを、否定する材料はまるでない。あの男が世界の壊滅を狙って一連の悪事を働いた、という前提にたって、我々は解決策を考えなければならないのだ。

私はひとまず自分のマンションに戻って、モモちゃんに電話した。

「そうだな。明日から……」私はすぐに言い直した。「いや今から、最後のスパートだ」

17

タイムリミットの五月まで、あとちょうど一週間という日、武田、里中と私は、モモちゃんの研究室を訪れた。

ここでもう一度、私は他の三人に宣言した。スレッドウイルスへの対抗手段をピノート社が打ち立てていると考えるのは、一種の楽観的な予測だ。我々がなんとかしなければ、世界中の植物が滅ぶ、という状況は変わっていないのだ、と。

それになんとしても、アレックスの日本、いや世界農業支配を止めなくてはならない。

いよいよ絶望的なタイミングになっていたが、モモちゃんのふるまう紅茶によって、午後のお茶会のような明るい雰囲気で会合は始まった。ただのから元気だったかもしれない。

「第一のハードルを乗り越えるのに、例えばこんな方法はどうでしょう」武田が口火をきった。

「不安定なＲＮＡの自壊を解決する方法ですね」里中が確認した。

武田がうなずく。「ウイルスベクター療法、というヒトの遺伝子治療の方法論を持ち込むのです」

「どんな方法ですか？」里中が尋ねる。

「ベクターとは、『運搬するもの』という意味です。病変遺伝子を壊した上で人為的に必要な遺伝子を導入した細菌やウイルスのことをいいます。そこで、善玉のカグリオンＲＮＡを導入したウイルスベクターを作り、水溶液にして地面に散布し、根からトマトに吸収させます。ウイルスベクターは維管束を通じて植物体の全身に運ばれ、細胞内でカグリオンＲＮＡを作るわけです」

「薬をカプセルに入れるようなものですか」と里中。

「おっしゃるとおりです」武田がうれしそうに答えた。「ＲＮＡをウイルス・カプシドというタンパク質製の固いカプセルに入れて植物の体内に運ぶイメージです。そうすれば不安定なＲＮＡが自壊しないよう保護したまま、植物の細胞内に取り込ませることができます。

　ウイルスベクターにカグリオンＲＮＡを導入する作業は、うちのスタッフには手作業でも朝飯前です。カグリオンは23ｂｐしかありませんから。こうして作った無害なウイルスベクターを、スレッドウイルス感染トマトに重複感染させるのです」

「その結果、どうなります？」と里中が間髪をいれずに聞く。

「このベクターはスレッド感染トマトの細胞一つひとつに入り込み、カグリオンＲＮ

Aを次々と複製します」

武田らしい天才的なひらめきだった。私はうめくような声で感想を述べた。

「それで第一のハードルはクリアできそうですね。うまくいったら、植物ウイルス病は治療不可能という、これまでの常識が百八十度引っ繰り返ることになります」

「でも、どうでしょう」里中がメモを見ながら質問する。「ウイルスベクターがカグリオンを作りだしても、それが消費されてしまうと、再び感染したトマトのどこかに潜んでいたプロウイルスが、スレッドを増殖させるのではないですか?」

プロウイルスとは、スレッドウイルスの病原遺伝子を書き込まれた、植物本体のDNAのことだ。

「スレッドの性質上、カグリオンの投与をやめられない、という第二のハードルですね」武田がうなずいた。「ならばウイルスベクターとして、植物のレトロウイルスを使ってはどうでしょう」

「レトロウイルス?」里中が眉間に皺《しわ》を寄せた。

レトロウイルスとは、逆転写酵素をもっているウイルスの総称だ。

「レトロウイルスの逆転写酵素を使って」武田が答えた。「カグリオンRNAをスレッド感染トマトのDNAに書き込んでしまうのです。こうすれば、そのトマトのDNAは永久にカグリオンを作り続けます」

「それは」里中の声がやや高くなった。「もはや遺伝子操作じゃないですか」

私は自然に笑みがもれた。

武田の着想は、ほとんどマッド・サイエンティストのものだ。対植物にも生命倫理は存在するが、スレッドウイルスと闘うためには、そのぐらい発想の飛躍がなければ太刀打《たちう》ちできないだろう。

実際のところ、ピノートなどのバイオテクノロジー企業は、ジャガイモ、トウモロコシ、大豆などで、積極的に遺伝子の組み換えを行なっている。

だが問題は、遺伝子組み換えの是非を問う以前にあった。

「それは無理よ」私より先にモモちゃんが否定した。

「どう無理なんだ」武田は怪訝そうに言った。

「植物のレトロウイルスは世界にただ一つ、スレッドしかないんだから」

「あ……」里中も悟ったようだ。

「どういうことだ?」武田が聞いた。「この治療法はレトロウイルスが存在しなければ成立しない。でも今はスレッドがあるじゃないか」

武田は最高レベルの医学者だが、植物の専門家ではない。

「ダメなのよ」モモちゃんが苦しげに言った。「植物には、こんな特徴があるの。あるウイルスに感染したら、同時に同系統のウイルスには感染しない」

里中も私もうなずいた。

「ということは……」武田は答えを悟り、肩を落とした。

私がとどめを刺した。「スレッドウイルスでウイルスベクターを作成しても、すでにスレッドに感染しているトマトには使えないということです」

「ヒトならば重複感染は可能だったのにね」モモちゃんが、優しい声で慰める。「お医者さまらしい落とし穴だわ」

慰められたことで武田は余計にしょげた。天才医学者が、モモちゃんの前では未熟な院生のように見える。

「それと、やはりスレッドウイルスに感染したトマトだけを選択するのは難しい、という第三のハードルの問題があります」私は最大の問題点を指摘した。

「誤って健康なトマトの木をカグリオンに『感染』させれば、その木のトマトはいっさい実らなくなってしまいます」

「感染が疑われたら、即座にカグリオンを投与する。それでは遅いのですか」里中は表情を変えずに私に聞いた。

「生きているトマトを、毎日個体単位でＤＮＡ検査するのは現実的に不可能だ」私は答えた。「実際の運用上は病変が発生したら、その一帯の株にカグリオンを投与するということになる」

「いわゆるカオス理論ですね。我々の世界は複雑だから、未来は正確には予測できない。それを描いた有名な恐竜の映画もあります」武田が私の後を引き取った。「どんなに厳密に検査しても、完全無欠はありえないから、いつか必ず取り逃す感染株が出現します。結局スレッドウイルスを止めようと思ったら、感染、不感染を問わず、すべてのトマトにカグリオンを投与しなければならない、という結論に達します」

「すべての株にカグリオンを投与してしまうと」里中は、小首をかしげた。「スレッド感染株以外は熟さなくなる。スレッド感染株は絶対少数だから、ほとんどのトマトが熟さない結果になる」

「むしろ栽培農家としては、すべてのトマトがスレッドウイルスに感染しているほうがありがたい、という逆説が成り立ちますね」

武田が皮肉めいたことを言った。

私はその言葉に、妙に胸がざわつくのを感じた。

「堂々めぐりね」モモちゃんが立ち上がった。「ねえ、農水省」

「はい」里中は、なぜかモモちゃんの前だと素直な女学生のように従順になる。

「あんたが買ってきた甘いものでも食べましょ。糖分は、脳の栄養。あたしも、お茶を淹れなおすわ」

二人が準備する間、武田と私は浮かない顔で沈黙していた。

私のなかに、何かアイデアの兆しがあるのだが、まだ具体的な形をとっていない。先ほどの武田の発言の何かが気になったのは確かだが、はっきりと指摘できない。

「あら、このティラミスおいしいじゃない」モモちゃんが、満足げな声をあげた。「農水省にしては、上出来だわ」

「このモンブランもうまいですよ」武田も誉めた。

「吉祥寺《きちじょうじ》の女子大の前にいい店があると聞いたんです」

そう答える里中は、レアチーズにフォークを刺したところだ。彼女は、このケーキしか食べられない。

「わざわざ買いに行ったの?」

「いや、頼めば買ってきてくれる人がいるんで」

「やっぱり悪女ね、あんたは」

私は、ぼんやりと二人の会話を聞いていた。里中が、モモちゃんのペースに合わせて、ガールズトークをしているのが、不思議でならない。

「ちょっと、安藤さん」モモちゃんが、私が手にしたプリンを見て顔をしかめた。「あんた、何を召し上がっているの?」

「なにって、プリンだけど」私はモモちゃんに見えるように器を傾けた。「いろいろ乗っているから、プリン・ア・ラ・モードかな」

「ア・ラ・モードって、本来はアイスクリームを乗せることをいうんだけどね。プリンの場合は、果物とか生クリームで、ごてごてするわね」

「いろんな味を楽しめていいと思うけど」

「下品」モモちゃんはそう吐き捨てた。

「どこが？」

「なんでもかんでも乗っけりゃいいってものじゃないのよ。デザートっていうのはね、もっと優美で繊細なものなの。あんたのは、ラーメン屋の全部盛りと同じじゃない、ああやだやだ」

「実際うまいんだから……」

なおも抗弁しかけたとき、私の頭の中に雷撃が走った。ずっとうごめいていた抽象的なアイデアが、不意に明瞭なプランを形づくった。

「それだ、全部盛りだ」

私は小さく叫んで立ち上がった。

「どうしたんですか？」

里中が、不審者を見る目で私を見上げた。

「三つのハードルを同時に乗り越える方法を思いついた」

「ほんと？」

モモちゃんは怪訝な顔をした。「どうすんのよ?」

私は再び座り直して飲み物で喉を湿らせ、みんなの顔を見回した。

「この方法しかないと思う」

私は三人に説明を始めた。


この後の議論は、私は終生、一言一句まで忘れることはないだろう。

解決への光明を見いだした私は、意気揚々と語った。

「最強のカグリオンをつくりましょう。名づけるなら、カグリオンゼータ」

「ゼータ……。英語のアルファベットならZですか」武田が言った。「最終兵器ですね」

「で、どういうものなの? カグリオンゼータってやつは」モモちゃんが説明を求める。

「簡単に言えば、悪玉のスレッドウイルスと、善玉のカグリオンの両方の機能を乗せたものだ」

「えぇっと」モモちゃんが首をかしげた。「それはスレッドウイルスを無造作にばらまくのと、どう違うの? ウイルスの作り出すELPで、健康なトマトがみんな枯死するだけじゃないかしら」

「いや、そうはならない。カグリオンゼータは、いわば病原遺伝子とカグリオン遺伝子を『全部盛り』にしたベクターだ。これを無差別にまけば、病原遺伝子だけでなく、カグリオン遺伝子も同時に逆転写される。その結果、カグリオンゼータに感染したトマトは、葉や茎が緑のまま、果実だけが赤く成熟する」

「けど、すでにスレッドウイルスに感染しているトマトは、重複感染はしない。さっき先生はそうおっしゃったばかりだ」武田が理解しかねるという様子で言った。

「ですから、カグリオンゼータに感染させるのは、健康なトマトです」

「安藤先生が何を言っているのか、わかりません」里中が言った。

「そうか、わかった」モモちゃんが膝を打った。「健康なトマトを、健康なトマトに変えるのね」

「そう」私はモモちゃんに微笑んだ。

「あんた、すごいこと思いついたわね」モモちゃんが感心したように言った。

「なるほど、そういうことですか」武田もようやく理解したようだ。

「どういうことか、教えてください」一人取り残された形になった里中が言った。

「肉を切らせて、骨を断つのさ。健康なトマトをカグリオンゼータに感染させれば、葉や茎はカグリオンのお蔭で緑のクロロフィルにあふれながら、果実はスレッドウイルスのせいで赤く成熟する」

「ひょっとして、それは」里中は呆然とした様子で言った。「遺伝子操作された、ただのトマトなのでは？」

「そういうことだ」私は里中にも微笑みかけた。

「なるほど」納得した途端に、里中は顔を曇らせた。「だけど行政にたずさわるものとしては……」

「そう」武田もため息をついた。「トマトという種を守るためとはいえ、地上のすべてのトマトを、生きながらにして遺伝子操作することになりますね」

「カグリオンゼータ感染トマトの花粉が、そこらじゅうに飛散することになりますからね」私は言った。「やがて世界中のトマトが、カグリオンゼータに感染する。地上のすべてのトマトが、スレッドウイルスとカグリオンの遺伝子を保有することになります」

「すでにスレッドに感染しているトマトはどうするんですか」里中はまだ納得がいかないようだった。

「それは農水省が最も得意とする方法で対処する」

「と、言いますと？」

「焼却処分するだけだ」

里中は眉間にすうっと皺を寄せた。

「農水省、カグリオンを使ったスレッドウイルス対策は、他に方法がないのよ」モモちゃんが里中を諭すように言った。「そうしないと、地上のすべての植物を絶滅の危険にさらすことになる……」

私は深くうなずいた。

「カグリオンゼータの生成に時間はかかりますか？」里中が冷静な口調で武田に聞いた。

「ごく簡単な作業ですよ」武田は即答した。「カグリオン自体は、小さなマイクロRNAです。おまけにスレッドウイルスの病原遺伝子を無効化する必要もない。通常の作業よりもずっと簡単です」

里中は覚悟を決めたのか、突然明るい表情になると、はじけたように立ち上がった。

「それでは可及的速やかに健常株にカグリオンゼータを投与し、感染させなければなりません」

世界が大きく動く音が聞こえた。

エピローグ

それから数か月、私はまたもや世間を賑わした。

植物を絶滅に追いやろうとした、狂気の科学者。

それがマスコミによって植えつけられた、私の「本性」だった。

スレッドウイルスによる災禍を防ぐ方法を見つけたまではよかったが、現実問題としてそのことを、日本政府、さらには世界各国の首脳に説明し、理解を得るまでの時間はなかった。無駄な会議や検証を積み重ねる間に、植物が次々と赤変し、枯れて行くのを座して待つわけにはいかない。

そこで私は先手を打って、「自分がスレッドウイルスを誤ってまき、その責任をとって自ら解決方法を発見した」と発表した。

会見は、外国人記者クラブで行なった。当初、記者たちは、私が言っていることの意味を理解できなかった。比較的、飲み込みの早いシンガポール人の記者が、こう質問した。

「それは、すべてのトマトを遺伝子操作するということですか？」

「結果的にそうなるかもしれません」

「遺伝子操作するのであれば、その方法を実行してはならないのでは？　違う方法を見つけるべきでしょう」

マスコミは遺伝子操作という言葉に敏感だ。非道のきわみと信じている。

「しかし、もう実行しました」

「は？」

「九州や四国、中国など、被害がすでに生じている地域では、すでにこの方法を実行しています。今年の夏以降に収穫されるトマトには間に合います」

「そんなトマトは、食べたくありません！」

記者会見場が大騒ぎになった。記者たちはわれ先に本社に連絡しようと、慌ただしく椅子を蹴った。

このやりとりが、その後の報道の流れを決定した。

私はまるで史上最悪の犯罪人のように叩かれた。

内乱罪によって取り締まるべきだと主張する者も現れた。

実際のところ私は国に甚大な被害を与えた責を問われ、二週間ほど拘束された。初めは警察につかまり、その後、公安と思われる部署で質問攻めにあった。門外漢からの尋問に飽き飽きしかけた頃、突然「特別な措置」として無罪放免になった。

その間、西日本のトマト農家が、損害賠償の訴えを起こす動きを示した。里中の働きによって、国が補償すべき問題として扱われるようになったが、今度は税金の無駄遣い、と政府がやり玉にあがった。

そんななか林田家の主人だけは、「よくやった」とひと言書いた葉書を私に送ってきた。


ピノートとアレックス・エルフの犯罪行為が、遅ればせながらクワバから警察に届けられ、アレックスは国際指名手配犯となった。ピノートは国際的な非難を浴び、日本市場からの撤退を余儀なくされた。武陵会のコロン、野球、ゴミの三人組も、めでたく逮捕された。

溜飲《りゅういん》の下がる思いだったことを記しておく。

だが、これら一連の事件の被害者であるクワバが受けた打撃も、きわめて大きかった。

店頭から姿を消したクワバ製品は、なかなか戻ってこなかったし、クワバの株価も大暴落し、会長の太一郎はそれらの事態の収拾に追われた。

情報管理の甘さなどから、ピノート社につけいる隙を与えたのも事実なので、クワバとしてはこれらの世間の仕打ちに目立った反論はせず、粛々とやるべき仕事に邁進《まいしん》した。

面白いことに、鍬刃太一郎はすっかり体力を取り戻し、経営の健全化に奮闘した。一度、挨拶しに行ったら、以前より十歳くらい若返ったような肌艶のよさだった。

「もう帝都大には、いられないでしょう？」と太一郎に聞かれた。

「しがみつくことはできたかもしれませんが、自分からやめることにしました」

「今後はどうされるつもりですか？」

「それが奇特な大学があったもので、こんな私でも、ぜひ教授として迎えたい、という誘いがあったんですよ」

ある女子短期大学が、少子化の影響で学生を確保できず、来年をめどに四年制の大学としてリスタートすることになった。それに向けて「既成概念にとらわれない、自由な発想をする人材を求めている」とのことだった。捨てる神あれば拾う神あり、とはよく言ったものだ。

「それは残念。大学の仕事に飽きたら、いつでもうちに来てください」

「クワバが悪徳企業と思われますよ」

太一郎が快活に笑った。

「そうそう、クワバ総研の所長には予定通り一ノ関君が就任しました。倉内君のノートを破った件が意外に知られていて、難色を示す役員もいましたけどね」

私は首を小さく振った。「破った理由は結局なんだったのですか？」

「一ノ関君に確かめたら、素直に話してくれましたよ」

「どういうことでした?」

「身内の恥をさらしたくない、が答えでした。そもそもクワバ総研に産業スパイがいるために、倉内君がしていた研究を、部外者の先生に託さざるを得なかったわけですから」

私はうなずいた。

「それだけでも屈辱なのに、一ノ関君は倉内君のノートに『1211』の文字を見つけた。産業スパイに関するメモだと気づいた彼は、発作的にそのページを破り取ったのだそうです。安藤先生に産業スパイの存在に気づかれるのだけは耐えられなかったらしくて」

だが、その行為が久住に見つかったために、かえって産業スパイの汚名を着せられそうになった。

「一ノ関さんは、なんというか、もっと合理的でスマートな人だと思ってました」

「人間、わからないものです」

そこで別れてもよかったのだが、どうしても宇野の現状を聞かずにはいられなかった。

太一郎は、手短かに説明した。

クワバは産業スパイの件では、宇野を告発しなかった。基本的に倉内殺害の件だけで起訴され、裁判が進んでいるらしい。

刑事告訴されれば、九割九分は有罪判決がくだるという。

ずっと引っ掛かっていたことがあった。

「会長と宇野は……」

私はそこまで言いかけたが、それを確認するのは止めにした。プライバシーに関することは、余計な詮索だと思ったからだ。

「先生が疑っていることは、おおむね間違いではありません」太一郎が私の言わんとしたことを読み取って言った。「宇野と、……いや和也と私は血の繋がった実の親子です。母親は妻ではない女性です。あれにはずいぶん辛い思いをさせました」

太一郎は、総研総務課長の宇野を、ほとんど個人秘書のように使っていた。そして二人揃って、遺伝的要素が関係すると言われている2型糖尿病をわずらっている。

「宇野はそのことを……」

太一郎は、静かに首を横に振った。「いいえ、知りません」

「ただ私はどうも古い人間で、秘書的な役目は身内でないと落ち着かないのです。和也の後任についても同様です」

そのとき「会長、そろそろ会議です」と入ってきたのが、久住だった。

私は思わず太一郎の顔を見つめた。

太一郎は久住に聞こえないように私にささやいた。

「真理を先生の助手に推薦したのは、私です。先生、あと一歩のところで、クワバの後継者の地位をのがしましたな」

太一郎はそう言うと、なんとも形容のしがたい笑みを浮かべた。

クワバの会長には、普段の謹厳な態度からは想像できない、艶福家《えんぷくか》としての一面があったのだ。


モモちゃんは、バイオハッカーをやめて、本格的に隠棲《いんせい》することになった。

量子コンピュータ、エイブリーの開発者としてクレジットされたことで、もう「抵抗の人生」の継続は諦めたというのだ。

「自分を見つめなおすためにインドに行く」と、別れの挨拶にきた。

「なぜにインド？」

「ゾロアスター教の世界観を勉強したいと思って」

「よく覚えてないが、ゾロアスター教って、イランの昔の宗教じゃないのか？」

「インドにもけっこういるのよ。イランは戦争が起きそうでこわいし」

「もうモモちゃんに手伝ってもらえないんじゃ、手足を取られたも同然だな」

「なに言ってるの。どうせ今のあなたなんて、ろくな研究できるわけないじゃない」

すべてのものを処分した殺風景な私のマンションで、モモちゃんは、とびきりの紅茶を淹れてくれた。

「だけど仁ちゃんが必要だというなら、インドから戻ってくるから」

「いや、もう十分、借りは返してもらったよ」

「どういうこと？」

「平山事件のとき、データの捏造を指摘したハンドルネーム〝HUNDRED-ELF〟。あれ、モモちゃんだろ」

「そんな下品な名前、知らないけど」

モモちゃんの顔が耳まで赤くなった。

「『1211』の謎を解いたときに、同時に気づいたんだ。HUNDREDはもちろん百、ELFはELEPHANTの略、つまり象だ。あわせて百象。すなわち『ももぞう』だ」

「やめて。そんなどんくさい名前が本名だなんて、認めたくないんだから」

私は最近ようやくわかった。

モモちゃんの私への献身的な態度は、「惚れているから」などという曖昧な理由からではなかった。自分のメールが私の人生を混乱させたことへの罪滅ぼしだったのだ。

さもなければ、これでもエスタブリッシュメントの末席を汚している私と、一緒に仕事をしてくれるはずもなかった。

だから「もう気にしないでいい」と言ったら、モモちゃんは鼻で笑って返した。

「仁ちゃんも、うぬぼれ屋さんね。あたしは、いわば抵抗の詩人だったのよ。お高くとまっている帝都大の学者たちが、慌てふためく様子を見られたら、それでよかったの。そしたらバカ正直に、自分の地位を捨てて内部告発する学者がいるじゃない。どんな間抜けな男か、ちょっと顔を見たかっただけよ」

「ともかく、ありがとう」

「やあね、そんなに優しくされたら、旅に出たくなくなるじゃない」

「じゃあ、孤高の天才学者としてマスコミに紹介しようか？」

「意地悪を言わないの」

モモちゃんは翌日、予定どおりインドへ旅だった。

居場所がなくなった帝都大に荷物の処分をしに行くと、里中にばったり出くわした。研究棟のエレベータのドアが開くと、そこに里中が乗っていたのだ。

私がスレッドウイルスの存在を公にした後の、里中の働きはめざましかった。スレッドの被害が事実であることを国にいち早く認めさせ、数日のうちに首相の緊急会見にまでこぎつけた。そして「トマト、ひいては地上の植物界を守るためカグリオンゼータ療法を実施する」という日本の方針を、世界各国の政府および農政官庁に通告させた。

各国からの異議申し立てと代替策の提案期間を三日間設けるとともに、要望のある国には、日本政府からカグリオンゼータが無償で供与されることとなった。

結局三日たっても、この通告に「待った」をかける国は一つも現れなかった。それどころか、百を超える国と地域からカグリオンゼータをすぐに送ってくれ、という要望が届いた。スレッドウイルスへの恐怖から、世界はカグリオンゼータを支持したのだ。

カグリオンゼータは培養が容易なので、すぐに世界中の農学系の研究機関で生成されるようになった。

ただ北中米の国々からは、カグリオンゼータに関する公式の要望は届かなかった。やはりピノートには独自の解決策があり、それらの国では秘密裏に採用したのかもしれない。今のところ、スレッド対策はカグリオンゼータしかないことになっているので、アジアやヨーロッパでは北中米産のトマトに対して禁輸措置がとられた。これはきわめて感情的な措置であり、科学的にはほとんど意味を持たなかった。

このあと、トマトをめぐる争いがどうなるかはわからないが、植物全滅の危機をまぬがれたのは確かなようだ。

個人的には、その後、里中とは特になにもなかった。

里中のほうは、相変わらず山際教授に研究者の紹介を頼んでいるようで、この日も八階の教授室からの帰りのようだった。

「公安に拘束されたおれを解放してくれたのは、おまえだろ？」

エレベータの中で私は聞いた。

「さあ、なんのことでしょう？」と里中は、こちらを見ずに答えた。

彼女が、とぼけて見せるのは、限りなく肯定の返事に近い。

「まあ、いい」私は話題を変えた。「おまえがおれを熊本に連れ出したのって、ほんの半年ほど前なんだな」

「あのとき先輩がイエスと言ってくれて、助かりました」

「そして、おれはおまえが言ったとおりの人間になったな」

「なんて言いましたっけ？」

「ルーザー」

「あ、それは」里中は手を顔の前で小さく振った。

「先輩に奮起してもらうために、あえて申し上げたと言いますか、それにこのたびは、小さな大学とはいえ、現に教授職として三顧の礼で迎えられる栄誉に浴されるわけですし、先輩はスレッドウイルスに勝ったのみならず、社会的にも歴然たる勝者でいらっしゃる……」

「もういいよ」私は苦笑しながら、手ぶりで里中の話をさえぎった。

「それにしても、おれたちはいったい何に勝ったのかな」

「何に勝ったのでしょうね」私につられたのか、里中まで突然真顔になって問い返してきた。

「結局、自然には勝てないことを学んだだけかもしれないな」

「なるほど。勉強になります」

「からかうなよ」

不意に里中が抱きついてきた。私の腰に腕を回し、小さな顔を胸にうずめた。

「先輩。つらくなったら、いつでも言ってください。不肖里中が、特別の方法で心身ともに癒やしますから」

あの治療法があれば、里中はひと財産、いや、一つの時代を築けるかもしれない。

一階に到着してエレベータの扉が開く間際に体を放した里中の横顔を眺めながら、彼女の底知れぬ可能性に恐ろしささえ感じた。

里中が次に何かを依頼してきたら、私は断れるだろうか。自分でも、その答えはわからなかった。

【参考文献】

『動的平衡　生命はなぜそこに宿るのか』（木楽舎）福岡伸一
『動的平衡2　生命は自由になれるのか』（木楽舎）福岡伸一
『生物と無生物のあいだ』（講談社現代新書）福岡伸一
『世界は分けてもわからない』（講談社現代新書）福岡伸一
『破壊する創造者　ウイルスがヒトを進化させた』（ハヤカワ文庫NF）フランク・ライアン
『タネが危ない』（日本経済新聞出版社）野口勲
『野菜の色には理由《ワケ》がある　緑黄色野菜&トマトの効用』（毎日新聞社）石黒幸雄、坂本秀樹
『バイオパンク　DIY科学者たちのDNAハック！』（NHK出版）マーカス・ウォールセン
『植物はすごい　生き残りをかけたしくみと工夫』（中公新書）田中修
『生命の未来を変えた男　山中伸弥・iPS細胞革命』（文春文庫）NHKスペシャル取材班

【謝辞】

作品を仕上げるにあたり、カゴメ株式会社の皆様には、ひとかたならぬお世話になりました。ここに深く感謝の意を表します。

また、小林康恵弁護士には、さまざまな法律に関する相談に乗っていただきました。併せて謝辞を申し述べます。

科学的知識、あるいは法律の取り扱いに誤りがあるとすれば、それはひとえに作者の非に帰するものであり、前記の方々には何ら非はないことを申し添えます。


刊行にあたり、第16回『このミステリーがすごい！』大賞優秀賞受賞作品「カグラ」に加筆修正しました。

第16回『このミステリーがすごい!』大賞（二〇一七年八月二十八日）

本大賞は、ミステリー&エンターテインメント作家の発掘・育成をめざすインターネット・ノベルズ・コンテストです。ベストセラーである『このミステリーがすごい!』を発行する宝島社が、新しい才能を発掘すべく企画しました。

【大賞】

十三髑髏《どくろ》　水無原崇也

※『オーパーツ　死を招く至宝』（筆名／蒼井　碧）として発刊

【優秀賞】

自白採取　田村和大

※『筋読み』として発刊

【優秀賞】

カグラ　くろきとすがや

※『感染領域』（筆名／くろきすがや）として発刊

第16回の大賞・優秀賞は右記に決定しました。大賞賞金は一二〇〇万円、優秀賞は二〇〇万円をそれぞれ均等に分配します。

●最終候補作品

『十三髑髏』水無原崇也

『生態系Gメン』等々力亮

『自白採取』田村和大

『千億の夢、百億の幻』薗田幸朗

『カグラ』くろきとすがや

〈解説〉
ここで描かれた事件はいつ起きても不思議ではない

香山二三郎（コラムニスト）

第一六回『このミステリーがすごい！』大賞の選考は大接戦となった。筆者を含めた三人の選考委員がそれぞれ別々の候補作を推したのである。当然ながら、皆が自分の推す作品にこだわり続けたら、いつになってもらちが明かない。そこで評価軸を見直して再検討したところ、粗削りだが将来性に期待出来そうな作品が再浮上。結果、蒼井《あおい》碧《べき》『オーパーツ　死を招く至宝』（『十三髑髏』改題）の授賞となった。

選考経過等については選評でご確認いただくとして、大賞に至らなかった二作も完成度は高く、世に問う価値は十分にありという結論に達し、優秀賞を授けて出版の運びとなった。

本書、くろきすがや『感染領域』はそのうちの一作である（もう一作は、田村和大《たむらかずひろ》『筋読み』）。この作品、原題は『カグラ』といい、筆者はそこに勝手に〝神楽〟という漢字を当て、民俗学関係の話だと思っていたのだが、読んでみたら題材は農業。農作物の異変にまつわる事件の顛末《てんまつ》を描いたバイオサスペンスだったのである。

物語は、農林水産省消費・安全局植物防疫課課長の里中《さとなか》しほりが帝都《ていと》大学の山際《やまぎわ》研究室を訪れるところから始まる。山際は植物病理学の大家だったが、彼女の目当てはその弟子で特任ならぬ〝特認〟助教の安藤仁《あんどうじん》だった。九州で、本来緑色であるべきトマトの葉や茎が赤変する病気が発生しているというのだ。山際本人の命もあり、安藤は彼女とともに熊本の野菜農家に調査に赴く。病状は深刻なものだった。原因はウイルスによるものと思われたが、真相は不明。帰京後、安藤は感染したサンプルの分析を旧知の天才バイオハッカー・モモちゃんに依頼する。

　翌日、安藤は山際研究室と提携している日本最大の種苗メーカー・クワバ総合研究所に勤める友人の倉内《くらうち》に会うべくつくばに向かうが、待っていたのは倉内の訃報だった。自殺と見られたが、すでに捜査が始まっていて、他殺の疑いもあるという。五日後、安藤はクワバの会長兼ＣＥＯの鍬刃《くわば》太《た》一郎《いちろう》に呼び出され、クワバが収穫後も熟さない新種のトマト〝kagla（カグラ）〟を開発中であり、倉内がその研究担当だったと知らされる。そして倉内の仕事を安藤に継いでほしいと。快諾した安藤は倉内の部下・久住《くすみ》真理《まり》から研究のあらましを聞く。実験内容を記した倉内のノートは一部破かれていた。久住によると、そこには１２１１という数字の殴り書きがあった。そのページを破ったのは倉内の上司・一ノ《いちの》関久作《せききゅうさく》だという。やがてウイルスの実体が判明、モモちゃんと安藤はスレッドウイルスと名付けるが、その矢先、帝都大農学部の圃場《ほじょう》が何者かに荒らされたという知らせが。目当ては安藤がクワバから託されたカグラの原木らしかった。魔の手はやがて安藤自身にも伸びてくる……。

出だしの安藤と里中の再会からしてインパクトがある。安藤はこの「美しすぎるキャリア官僚」とかつて恋仲だったというが、今は疎遠になっているらしい。それも安藤が「特認助教」という特殊な役職に固定されるきっかけとなった「平山事件《ひらやま》」のせいらしいが、その内実は中盤まで伏される。トマトの病変はさておき、まずは安藤の過去と里中との今に至る間柄が否《いや》でも気になってくる。脇役という点では、イヤミをいうことでしか弟子とのコミュニケーションが取れない山際教授のキャラも際立っているし、熊本のトマト農家の林田《はやしだ》さんや帝都大学農学部の江崎万里《えざきばんり》教授のように安藤を敵視する人々も印象的。そして何より、天才バイオハッカー・モモちゃん。ＩＱが高くスキルもあるが社会適応力に欠けるフリー研究者をこう呼ぶとは、浅学にして知らなかったが、自宅に帝都大学の実験室と同様のラボまで構えているとは。ただでさえ気難しそうなこのモモちゃんが里中を目の敵にするとなれば、シリアスな三角関係劇も期待出来そうではないか。

むろん主人公・安藤仁のキャラもありがちなインテリ研究者とはひと味異なっている。親子三代にわたる植物学者の家系に生まれた生粋のインテリながら、子供の頃から大学時代まで空手を習っていた文武両道派だし、平山事件後の逆境にも山際教授のイヤミにも屈しないやせ我慢の人でもある。してみると、ハードボイルド私立探偵の素質も兼ね備えたヒーローキャラクターといえはしまいか。

本書の完成度の高さは、こなれた文体、豊富な専門知識（カグラは新種のトマトの元になった五つの品種のイニシャルだった！）とそうしたキャラクター造形の巧さが見事に調和しているがゆえだろう。実際、トマトの異変、倉内の死、カグラの開発、平山事件の真相と、次々に事件の背景が明かされていく展開にページを繰る手が止まらなくなる。それとは知らぬ間に、農作物の病気にも詳しくなっているという塩梅《あんばい》で、著者がすでに素人離れした物語術をマスターしていることは明らかだろう。その後にシリアスな犯罪サスペンスらしい、ヴァイオレンスシーンまできちんと用意されているとなればなおさらだ。

筆者は農業科学に疎く、スレッドウイルスやカグラの着想の妙について論評出来ないのは残念であるが、肝心なのは、共に常識ではあり得ない異変が起きるということだろう。トマトに起きたことは人体に起きても不思議じゃない。本書で描かれる病変は人体に害をなすパンデミックともパラレルになっている。安藤たちがトラブルに見舞われている間にも、スレッドウイルスが急速に西日本を侵食していくありさまは戦慄的のひと言。けだしパニックホラーとしても一流の演出ぶりというべきか。

ところで著者は本書のアイデアをどこで得たのだろうか。授賞決定後の顔合わせで、著者のひとりである那藤《なとう》さんから、本業のほうでトマトジュースの広告に携わって詳しくなったという話をうかがった記憶があるが、もうひとつ、引き金になったのはTPPではなかっただろうか。TPP――環太平洋パートナーシップ協定は、二〇〇五年、シンガポール、ブルネイ、チリ、ニュージーランド四か国の経済連携協定としてスタート、二〇一〇年にはアメリカ、オーストラリア、ヴェトナム、ペルーも加えた拡大交渉が始まった。加盟国間の関税の撤廃を始め自由貿易協定の主要項目をカバーする包括的協定として連携が図られたが、トランプ大統領により主要国のアメリカが離脱したことから二〇一七年一一月の時点では成立に至っていない。日本も二〇一一年一一月に参加を表明したものの、全国農業協同組合中央会等の反対を受け難航、二〇一五年の大筋合意に至るが、アメリカの離脱により未《いま》だ流動的な状況にある。関税の撤廃や医療保険制度を揺るがすその内容が日本の脅威として話題になったことはまだ記憶に新しいが、黒船の来航以来、外患に弱い日本の弱点が端的に表れた出来事のひとつといっていいだろう。本書でもやがて農業全般を取り仕切るアメリカの大企業の影がちらつき始めるが、それというのもTPPが生み出した陰謀論の影響ではないかと。

農業をテーマにしたミステリーは本書が初めてではない。第一回新潮《しんちょう》ミステリー倶楽部《くらぶ》賞を受賞した永井《ながい》するみ『枯れ蔵』（一九九七年刊）は富山県で稲の害虫が異常発生する話だった。米作をテーマにしたのは著者が何より農学部出身者であることによるのだろうが、九三年に平成の米騒動が起きていることも見過ごせない。この年の記録的な冷夏は米不足を引き起こし、タイ米を始めとする輸入米が出回った。日本の食糧政策に一石を投じたこの出来事がやはり創作の引き金となったと考えても不思議ではない。さらに服部真澄《はっとりますみ》『エル・ドラド』（二〇〇三年刊『GMO』改題）は遺伝子組み換え作物を扱った巨大アグリビジネスの陰謀を描いた長篇で、こちらは一九九〇年代後半から本格的な普及が始まった新技術の功罪をとらえたもろ時事的なテーマ設定といえるだろう。本書『感染領域』はそこで打ち鳴らされた警鐘に対する反歌といってもよさそうだ。

農業ミステリーは数の上では少数派であるが、その時々の農業問題を確実に反映させた重要な文芸作品として見逃すことは出来ない。むろん農業は人々の生活、生死に直に影響する産業だからである。本書のラストにほっとひと息つく人もいれば、こんなことがあり得るのかと震撼《しんかん》される向きもおられよう。だが、ここで描かれた事件はいつ起きても不思議ではないのだ。本書がＳＦサスペンスであると同時にリアルフィクションでもあることをゆめゆめ忘れてはなるまい。

最後に改めて著者のプロフィールを。くろきすがやは那藤功一《こういち》と菅谷《すがや》淳夫《あつお》のふたりによる作家ユニットである。このミス大賞作家では、第一三回受賞作『女王はかえらない』の降田《ふるた》天《てん》以来、ふた組目になる。那藤氏は一九六三年、青森県生まれ。東京大学経済学部卒業後、広告会社に勤務。菅谷氏は一九六五年、神奈川県生まれで東京大学文学部卒業。フリーランスで美術系のライターとして活躍との由《よし》。ふたりの馴《な》れ初《そ》めは大学時代、同じ音楽サークルに所属していたこと。サークルの先輩後輩というわけだ。那藤氏がプロット担当、菅谷氏が執筆担当という役割分担は降田さんのところと同様だが、作品の完成度の高さはとても本書が初めての共作とは思えない。「どうせならレノン＝マッカートニーに負けない創作ユニットに育ってほしいものです」（受賞コメント『このミステリーがすごい！　２０１８年版』）とは菅谷氏の弁だが、それが遠からず実現可能であろうことは間違いない。

二〇一七年十二月

宝島社
文庫

感染領域

（かんせんりょういき）

2018年2月20日　第1刷発行
2020年8月20日　第5刷発行

著　者　くろきすがや
発行人　蓮見清一
発行所　株式会社 宝島社
〒102-8388　東京都千代田区一番町25番地
電話：営業 03(3234)4621／編集 03(3239)0599
https://tkj.jp
印刷・製本　中央精版印刷株式会社

ISBN 978-4-8002-8191-3